HEXENMÜDE

DIE EASTWIND-HEXEN
BUCH V

NOVA NELSON

Copyright © 2018 by Nova Nelson

Alle Rechte vorbehalten. FFS Media und Nova Nelson behalten sich alle Rechte an *Hexenmüde, Eastwind Hexen 5* vor. Dieses Werk darf ohne Genehmigung des Herausgebers und/oder der Autorin in keiner Weise weitergegeben oder reproduziert werden. Kein Teil dieses Buches darf ohne schriftliche Genehmigung der Autorin in irgendeiner Form, sei es mit elektronischen oder mechanischen Mitteln, einschließlich Informationsspeicher- und -abrufsystemen, reproduziert werden, mit Ausnahme der Verwendung kurzer Zitate in Buchrezensionen.

Anmerkung des Herausgebers: Dies ist eine erfundene Geschichte. Namen, Charaktere, Orte und Ereignisse sind ein Produkt der Fantasie der Autorin. Orte und öffentliche Namen werden manchmal für atmosphärische Zwecke verwendet. Jegliche Ähnlichkeit mit echten lebenden oder verstorbenen Personen oder mit Unternehmen, Firmen, Veranstaltungen, Institutionen oder Orten ist rein zufällig.

ISBN:

Cover Design © FFS Media LLC

Cover design by Molly Burton at cozycoverdesigns.com

Übersetzung: Anna Drago

Lektorat (Deutsch): Katrin Dolle

Hexenmüde, Eastwind Hexen #5 / Nova Nelson – Erstausgabe

www.novanelson.com

Prolog

Als Tanner sich wieder ins Getümmel stürzte und Sheriff Bloom und Deputy Manchester ihre volle Aufmerksamkeit dem Essen vor sich widmeten, während Grim laut zu meinen Füßen schnarchte, genoss ich die Szene, die sich mir im Gastraum des Medium Rare bot. Hyacinth Bouquet plauderte mit ihrem Mann, der nickte, während er seinen Blick auf eine Ausgabe der heutigen *Eastwind Watch* gerichtet hielt. Ted nippte an seinem Kaffee in der Ecknische, seine Sichel lehnte neben ihm an der Wand, während er ein Kreuzworträtsel löste. Wohin ich auch blickte, zufriedene Kunden. Vielleicht hatten sie Komplikationen in ihrem Privatleben, aber das sah man ihnen jetzt nicht an. Ich hatte eine Rolle dabei gespielt, ihnen das zu ermöglichen. *Wir* hatten eine Rolle gespielt, Tanner und ich.

Eine Frage, über die ich in der letzten Woche immer wieder gerätselt hatte, drängte sich mir auf. Wäre ich glücklich, wenn ich schwören würde, mich nicht in weitere Ermittlungen hineinziehen zu lassen? Wenn ich stattdessen all meine Energie darauf konzentrieren würde, das Medium Rare so gut wie möglich zu führen, um der Gemeinschaft zu dienen, die mich aufgenommen hatte, als ich nirgendwo anders hin konnte?

Ich kicherte leise in mich hinein, weil ich die Antwort sofort wusste.

... Auf keinen Fall würde es mir reichen, aber ich wollte es trotzdem versuchen.

Kapitel Eins

Auch wenn ich entschlossen war, die Detektivarbeit nebenbei aufzugeben, hieß das nicht, dass ich so tun konnte, als hätte ich keine Kräfte und sie würden einfach verschwinden. Nein, ich hatte zu oft versehentlich Magie, von der ich nichts wusste, eingesetzt, als dass es sicher gewesen wäre. Mein Plan war also, meine Fähigkeiten als Hexe des Fünften Windes zu erkunden, bis ich sie kontrollieren konnte.

Und *dann* würde ich so tun, als hätte ich keine.

Grim und ich kehrten zu Ruby Trues Haus zurück, das in einer langen Reihe von Häusern eingekeilt war. Es war nur gut, dass jedes in einer anderen Farbe gestrichen war und eine klare vertikale Linie zwischen den Häusern anzeigte, wo eines aufhörte und das nächste begann, denn ansonsten waren sie identisch. Das Haus links von ihrem hatte sogar dieselbe Hollywoodschaukel.

Als ich die blau gestrichenen Stufen ihrer Veranda hinaufstieg, hatte ich gewisse Erwartungen an den Abend. Ich dachte, ich würde hineingehen, eine der magischen wasserfreien Duschen nehmen, die mich immer noch faszinierten, in einen

Pyjama schlüpfen und mich dann eine Stunde lang Rubys zermürbenden Hexerei-Lektionen unterziehen, bevor ich schlafen ging.

Ich hatte festgestellt, dass ihre praktischen Übungen nicht ganz so schwer zu ertragen waren, wenn ich bequeme Hosen und keinen BH trug. Aber andererseits sind die meisten Dinge im Leben in bequemen Hosen und ohne BH leichter zu bewältigen.

Doch als ich die Haustür öffnete, wurde mir bewusst, dass der BH wahrscheinlich anbleiben sollte. Zumindest für eine kurze Zeit. Ruby saß am Salontisch und starrte direkt auf die Eingangstür, und auf dem Stuhl neben ihr saß Oliver Bridgewater, Westwind-Hexe, charmanter Streber und mein vom Zirkel zugeteilter Tutor. Warum war er hier? Wir hatten für heute Abend nichts geplant. Er und Ruby übernahmen abwechselnd meine Unterrichtsstunden. Er brachte mir die Grundlagen bei, sie brachte die Fertigkeiten des Fünften Windes. Während seine Unterrichtsstunden sich langsam vom Lesen alter Geschichte aus ledergebundenen Lehrbüchern hin zu Zauberstabpraktika verlagerten, zog ich meine Abende mit ihm den zermürbenden Lektionen vor, die Ruby mir gab.

Die beiden starrten mich an, Oliver lächelte, Ruby nippte wortlos an einer Tasse Tee.

Ich fühlte mich wie ein Teenager, der sich vor Stunden davongeschlichen hatte, nur um dann bei seiner Rückkehr festzustellen, dass seine Eltern schon auf ihn warteten und sich nicht die Mühe machten, ihn zu rügen, weil es einfach so offensichtlich war, wie falsch sein Verhalten war.

Aber ich hatte keine Ahnung, was ich getan hatte. Warum sahen sie mich so an? Fänge und Klauen, ich war eine erwachsene Frau!

Ich schloss die Tür hinter mir, als Grim hereinkam, und

mein Blick pendelte zwischen meinen beiden Tutoren hin und her. „Wie läuft's?", fragte ich vorsichtig.

„Wunderbar", sagte Ruby.

Okay, das gab mir nicht viel, um einschätzen zu können, was auf mich zukam. Ihr Mund sagte vielleicht „wunderbar", aber ihre Augen sagten: „Das wird dir gar nicht gefallen."

„Und warum bist du hier?", fragte ich Oliver. „Wir haben heute Abend nichts geplant."

Oliver öffnete den Mund, um fortzufahren, aber Ruby stand abrupt auf und unterbrach ihn. „Wir tun uns für eine Weile zusammen."

„So?"

„Ja. Nimm Platz, Liebes. Du bist nicht in Schwierigkeiten."

„Du bist definitiv in Schwierigkeiten", sagte Grim und ließ sich neben Rubys Vertrautem Clifford am Kamin nieder. *„Ich konnte es in der Luft riechen, als ich reingekommen bin."*

„Danke für die Warnung", blaffte ich.

Ungeachtet Grims düsterer Einschätzung nahm ich an dem runden Salontisch Ruby gegenüber Platz.

„Allerheiligen steht vor der Tür", sagte sie. „Bis dahin sind es noch weniger als drei Monate."

Ich warf einen verstohlenen Blick auf Oliver, der mit großen Augen und höflich gefalteten Händen nickte.

„Und warum ist das wichtig?", fragte ich.

„Allerheiligen ist eine mächtige Zeit für Magie. Alles ist intensiver, besonders für Hexen, und das gilt doppelt für Hexen des Fünften Windes."

Ich wusste nicht, was ich darauf sagen sollte, aber Oliver nahm es mir ab, indem er fortfuhr. „Historisch gesehen ist es der Tag, an dem in dieser Stadt die meisten Todesfälle passieren, aber was noch wichtiger ist: Es ist ein Tag, an dem der Schleier zwischen unserer Welt und dem Geisterreich gelüftet wird."

„Und was passiert, wenn der Schleier gelüftet wird?", fragte ich.

„Die Toten mischen sich unter die Lebenden."

Ich hob eine Hand, um alle am Sprechen zu hindern. Ich brauchte einen Moment, um mich zu sammeln. „Du meinst, ich werde nicht die Einzige sein, die Geister sehen kann?"

„Richtig", antwortete er.

Ich zuckte die Achseln. „Großartig. Lass ein paar andere Leute hier das Gefühl haben, im Laufe eines Tages langsam verrückt zu werden. Ich verstehe nicht, wie das irgendwas für mich ändert."

Rubys schnelles, gezwungenes Lächeln erinnerte mich an die Pose, die Turner nach einer gelungenen Landung einnehmen. „Natürlich nicht, Liebes, deshalb hast du Glück, dass du uns hast, um es dir beizubringen."

„Bist du sicher, dass Ruby keine Pyromantin ist?", fragte Grim vom Boden aus. *„Denn ihre Bemerkungen haben ganz schön Feuer."*

Und genau das passierte, wenn ich Grim Begrifflichkeiten aus meiner alten Welt beibrachte. Er verwendete sie gegen mich – mit einem Lächeln.

Es fühlte sich an, als ob sich alle in diesem Raum gegen mich verbündeten, außer Clifford, der mit heraushängender Zunge auf dem Rücken schlief.

„Okay, gut", sagte ich. „Ich schlucke den Köder. Was glaubt ihr, wie ich eurer Meinung nach mich und andere um mich herum an Halloween umbringen werde?"

Olivers Mund verzog sich zu einem kleinen, runden O. „Ähm, wir glauben nicht, dass du –"

„Auf jeden Fall", unterbrach Ruby ihn. „Besonders, da wir Grund zur Annahme haben, dass wir deine Kräfte bisher unterschätzt haben."

„Ich nehme das als Kompliment."

„Tu, was du nicht lassen kannst", fuhr Ruby fort. „Oliver und ich haben entschieden, dass dir eine direktere Teamarbeit am besten nützt, also werden wir vorerst beide zusammen an deinen abendlichen Unterrichtsstunden teilnehmen, bis wir sicher sind, dass deine Chancen, Halloween zu überleben, um ein paar Prozentpunkte gestiegen sind."

„Macht es euch was aus, wenn ich meine Ziele ein bisschen höher setze als ein paar Prozentpunkte?", fragte ich.

„Bitte", sagte Ruby. Dann stand sie auf, und Oliver auch, also folgte ich ihrem Beispiel. Und ich war froh, dass ich es getan hatte, denn einen Moment später schnippte Oliver mit seinem Zauberstab, und der Salontisch und die Stühle verschwanden, um Platz für unseren Unterricht zu machen.

Ruby warf ihm einen vielsagenden Blick zu.

„Oh, tut mir leid", sagte er, und dann, mit einem schnellen Schwung des Zauberstabs, erschien ihre Teetasse in der Luft vor ihr, und sie nahm sie und trank einen Schluck.

„Lass uns mit einem Aufwärmen beginnen", sagte sie. „Wie wäre es mit dem Beschwören und Verbannen zielloser Geister?"

Ich nickte. „Sicher." Das war ein langsamer Anfang, und es machte mir nichts aus. Wir hatten das jetzt schon eine Weile geübt, und ich hatte es fast gemeistert. Das Beschwören verweilender gutartiger Geister war einfach. Die meisten von ihnen hatten ziellose Leben geführt, und als sie gestorben waren, hatte diese Ziellosigkeit sie davon abgehalten, entschlossen zu handeln. Sie blieben in dem Zwischenzustand, dort, wo Geister verweilten, nicht lebendig, nicht jenseits des Schleiers und nicht auf dem Weg in ihr nächstes Leben. In dieses wahre Purgatorium würde ich vordringen.

Wochen zuvor, als wir mit diesen Übungen angefangen hatten, hatte Ruby mich gebeten, an einen vertrauten öffentlichen Ort zu denken, den ich mir ohne allzu große Schwierigkeiten vorstellen konnte, und der, wenn ich ihn mir vorstellte, voller Menschen war. Das wäre der Ort, an den ich reisen würde, wenn ich einen wandernden Geist finden müsste, um ihn zu beschwören.

Ich verwendete diesen Ansatz hier, und nachdem ich das Staurolith-Amulett abgenommen hatte, das ich als Anker zur Welt der Lebenden trug, stellte ich mir vor, ich stünde auf dem grasbewachsenen Hügel des Zilker Parks in Austin, vor mir die Skyline der Innenstadt, die über die Bäume ragte, und unter dem Hügel eine weite Grünfläche, wo Leute spontan Fußball spielten, Selfies machten und Tennisbälle für ihre Hunde warfen.

„Wieso spielen wir nie Apportieren?"

Ich drehte mich schnell um und sah Grim neben mir auf dem Hügel sitzen. *„Weil ich nicht davon ausgehe, dass du je apportieren würdest."*

„Stimmt."

„Warum bist du hier?"

„Um zu beweisen, dass diese Fähigkeit, die du beherrschst, nicht besonders schwer ist. Schließlich kann das ein Hund." Ein riesiger Pudel kam auf uns zu und wedelte mit seinem albernen Schwanz. Grim ging ein paar Schritte auf ihn zu, bevor er sich auf den rituellen Hinternschnuppern-Kreistanz einließ.

Wie auch immer. Soll er doch seinen Spaß mit Phantomgerüchen von Geisterhunden haben.

Ich hatte Wichtigeres zu tun.

Als ich die Passanten musterte, von denen ich zufällig wusste, dass sie genauso wenig real waren wie meine Vorstellungskraft, entdeckte ich einen, von dem ich annahm, dass es leicht wäre, ihn mitzubringen.

Und er sah ziemlich heiß aus.

„Hey, du!", rief ich ihm zu.

Er blieb stehen und starrte mich an.

„Hey", sagte er freundlich, obwohl er ein wenig verwirrt klang. Ob das daran lag, dass ihn gerade eine wildfremde Frau angesprochen hatte, oder daran, dass er tot war und ziellos durch das Geisterreich wanderte und sich fragte, warum er nicht endlich weiterziehen konnte, wusste ich nicht sicher.

„Komm her." Ich winkte ihn zu mir, und als er vor mir stand, streckte ich ihm meine Hände entgegen. „Hilfst du mir hoch?"

Sobald meine Hände in seine glitten, die sich fest, warm und überhaupt nicht geisterhaft anfühlten, zog ich ihn zu mir heran.

Und als ich in Rubys Salon die Augen öffnete, war er auch da und schwebte vor mir. Ich zog meine Hände aus der eisigen Luft seiner halbtransparenten Hände.

„Bei den sechs Meeren!", keuchte er und sah sich um.

Ich verzog betreten das Gesicht. „Tut mir leid."

Ruby nickte und trat auf uns zu. „Sehr gut. Hat ein bisschen länger gedauert als sonst, aber ich bin froh, dass du es geschafft hast, die ganze Gestalt heraufzubeschwören und nicht nur Teile."

„Das kannst du laut sagen", sagte ich.

Was die Beschwörung anging, hatte ich eine steile Lernkurve hinter mir, und in den ersten paar Lektionen war es mir nur gelungen, zufällige Geisterkörperteile zurückbringen, die in der Luft zappelten, bis ich herausgefunden hatte, wie ich sie zu ihrem Besitzer zurückbringen konnte.

Was ich allerdings noch herausfinden musste, war, wie ich diese Bilder aus meinem Gedächtnis verbannen konnte.

„Der Geist ist hier?", fragte Oliver und starrte in die Luft vor Ruby und mir.

„Er kann mich nicht sehen?", fragte der hübsche Geist.

„Nein", antwortete ich.

Dann schüttelte er den Kopf und trat einen schnellen Schritt von mir zurück. „Warte, du kannst mich sehen?"

„Jupp."

„Wie bin ich hierhergekommen? Ich war gerade in einem Park, und dann warst du da, und ich habe dich aus ein paar Metern Entfernung gesehen. Als du gelächelt und gerufen hast, dachte ich, du bist nicht ganz unansehnlich, und wahrscheinlich leicht zu haben, also bin ich rübergekommen und –"

Ich räusperte mich. „Okay, genug geredet." Typisch zielloser Geist. Ich griff in die eiskalte Luft dort, wo seine Hände waren, und schloss die Augen, dann waren wir plötzlich wieder im Park und standen am Hang.

„Whoa", sagte er und starrte mir in die Augen. „Das ist verrückt. Sag mal, willst du nicht noch ein bisschen bleiben? Ich habe eine Eigentumswohnung nur ein paar Blocks von hier ..."

„Nein, hast du nicht", sagte ich. „Du bist nicht wirklich hier. Na ja, du bist es, aber ... es ist kompliziert. Ich sage nur, ich gehe nicht mit dir nach Hause. Ich stehe nicht auf Geister. Tut mir leid. Ich sollte besser –" Mein Blick fiel auf Grim weiter unten am Hang mit dem Pudel.

„Grim!", rief ich und klatschte, um seine Aufmerksamkeit zu bekommen. „Fänge und Klauen! Lass sie los!"

„Es ist nicht, was du denkst!", protestierte er. *„Es ist nur eine Demonstration von Dominanz!"*

Wunderbar. Er hatte es geschafft, mich an einem erfundenen Ort vor einem Haufen Geister in Verlegenheit zu bringen. Es war definitiv Zeit zu gehen.

Ich schloss im Park die Augen, und als ich sie wieder öffnete, war ich wieder im Salon, ohne den schmierigen Geist.

„Stimmt was nicht?", fragte Ruby. „Deine Wangen sind gerötet."

Ich winkte ab. „Nein, alles okay. Nur ein bisschen sonnig, wo ich war."

„Das ist gar nicht so schlimm", sagte Ruby. „Fühlst du dich bereit, was Schwierigeres anzugehen?"

„Ja. Was steht als Nächstes auf dem Plan?"

Oliver meldete sich zu Wort. „Allerheiligen ist berüchtigt für Besessenheit. Wenn der Schleier gelüftet wird, können Geister ohne viel Widerstand in unsere Welt kommen, und wenn sie das tun, ist die Bevölkerung nicht auf das Ausmaß der spirituellen Macht vorbereitet. Der durchschnittliche Eastwinder ist ein leichtes Ziel."

Ruby fügte hinzu: „Die Geister spazieren in ein Kaufhaus voller Fleischanzüge, und sie können sich den aussuchen, in dem sie sich wohlfühlen. Normalerweise probieren sie ein paar an, bevor sie es sich gemütlich machen."

Mein Mund stand offen. Oops. Ich schloss ihn und versuchte, meine Gefühle in Worte zu fassen. Ich dachte, ich hätte etwas gefunden, das nahe genug kam: „Das ist … alptraumhaft. Du sagst, das passiert jedes Jahr?"

„Oh ja", nickte Ruby. „Kann ziemlich hässlich werden. Aber für Leute wie uns ist es schlimmer, weil wir diejenigen sind, die das Chaos beseitigen müssen. Die meisten Opfer solcher Besessenheit erinnern sich nicht daran, was ihnen passiert ist, was ihnen das Trauma erspart, sie aber auch daran hindert, eine wichtige Lektion zu lernen. Wie auch immer, heute werden wir besprechen, wie man Anzeichen von Besessenheit erkennt, weil es nicht immer offensichtlich ist."

„Kein Kopf, der sich um 360 Grad dreht und Erbsensuppe speit?", fragte ich.

Ruby verstand manchmal meine Anspielungen auf die Erde, aber diese hier war nach ihrer Zeit. „Nein", sagte sie und starrte mich mit zusammengekniffenen Augen an, als überlegte sie, ob ich nicht besessen war. „Keine Erbsensuppe."

„Das ist aus einem – vergiss es. Mach weiter.“

Das tat sie. „Ich denke, der beste Weg, die Anzeichen zu erkennen, ist, sie selbst zu beobachten.“

Oliver nickte freundlich; das hatten sie offensichtlich besprochen, bevor ich nach Hause gekommen war.

„Deshalb“, fuhr Ruby fort, „bin ich froh, dass wir Oliver hier haben. Er wird einem Geist erlauben, ihn in Besitz zu nehmen, damit du die Symptome erleben kannst.“

Oliver drehte den Kopf ruckartig zu Ruby herum; das hatten sie offensichtlich *nicht* besprochen, bevor ich nach Hause gekommen war.

„D-das soll wohl ein Witz sein“, stammelte er. „I-ich dachte, du würdest das machen! Du bist die Expertin darin.“

Sie nickte. „Genau. Ich bin die Expertin. Wenn ich besessen bin, was mit meinem Können fast unmöglich ist, kann ich Nora kaum die äußeren Anzeichen erklären, oder?“

„Aber –“ Er wandte seine Aufmerksamkeit mir zu, seine Augen flehten, aber was sollte ich sagen? Ruby hatte recht.

„Alles wird gut“, versicherte ich ihm. „Ruby kann dich exorzieren.“

Er wandte seinen Kopf wieder Ruby zu, und seine Augen wurden größer.

Ich war mir nicht sicher, was bei einem Exorzismus passierte. War es so intim wie ein Verbindungsritual? Wenn ja, konnte ich verstehen, warum er aussah, als würde er gleich hier rausrennen und ein Oliver-förmiges Loch in der Wand hinterlassen.

Ruby legte ihm tröstend eine Hand auf die Schulter und starrte zu ihm auf. „Mach dir keine Sorgen. Ich werde dich exorzieren, bevor du zu viele deiner tiefen, dunklen Geheimnisse ausplauderst. Und es wird nur ein Geist sein. Kein Dämon.“

„Das soll mich beruhigen?“

Sie nickte. „Ja. Obwohl es eigentlich egal ist. Wenn du deiner Schülerin helfen willst, machst du das.“

Das waren die Zauberworte. Sie waren so mächtig, dass ich mich fragte, ob es wirklich Zauberworte waren oder ob Ruby nur ihre Einsicht benutzt hatte, um Olivers Schwäche zu erkennen und sie auszunutzen.

Er biss die Zähne zusammen und nickte wie ein Soldat, der an der Front den Angriffsbefehl erhalten hat. „Okay. Ich vertraue dir.“

Schlechte Idee, dachte ich, aber ich beschloss, es nicht zu sagen.

„Ich brauche deinen Zauberstab“, sagte Ruby. „Das ist nur eine Vorsichtsmaßnahme.“

Er zögerte, gab ihn ihr dann aber.

Ruby nahm ihn und verstaute ihn in einer der großen Taschen ihres Morgenmantels. Dann schloss sie für einen Moment die Augen, und als sie sie wieder öffnete, erschien ein weiblicher Geist, der einen halben Meter über dem Boden schwebte. Obwohl sie jetzt blass wirkte, konnte ich erkennen, dass ihre Haut in ihrem früheren Leben sonnengebräunt und golden gewesen war. Ich verstehe nicht ganz, wie solche Details von den Geistern an mich weitergegeben wurden; es war fast so, als ob ich einen Hinweis auf ihre frühere Farbe sah. Wenn ich direkt nach der Farbe suchte, konnte ich sie nicht sehen, aber wenn ich mich entspannte, gelangten die Informationen leicht in meinen Geist.

Langes, dunkles Haar fiel ihr über die Schultern und eine üppige Oberweite herab, und ich musste lachen, weil der arme, streberhafte Oliver im Begriff war, von einer echten Schönheit besessen zu werden.

„Weißt du, was zu tun ist?“, fragte Ruby den Geist.

Der Geist nickte, kicherte schelmisch hinter vorgehaltener Hand und verschwand dann in Olivers Körper.

Seine starre und entschlossene Haltung lockerte sich, und er schwankte einen Moment lang bedenklich, bevor er sein Gleichgewicht wiedererlangte. Dann begann Ruby mit ihrer Lektion.

„Besessenheit ist eng mit dem Channeln verwandt. Allerdings geht sie mit einem völligen Kontrollverlust einher. Wenn du das Channeln beherrschst, brauchst du Besessenheit nicht zu fürchten. Aber für diejenigen, die nicht die Fähigkeit haben zu channeln, ist Besessenheit ein Risiko mit potentiell schlimmen Folgen.“

Oliver grinste mich kokett an. „Er findet dich hübsch“, sagte er.

Ich blinzelte. „Wer findet mich hübsch?“, fragte ich.

„Er“, antwortete Oliver.

„Das ist wohl der Geist, der da spricht“, sagte Ruby. „Sie hat offensichtlich keine Erfahrung mit Besessenheit. Geister lernen schnell, dass sie, wenn sie nicht entdeckt werden wollen, in der ersten Person über den Körper sprechen, den sie übernommen haben, und nicht in der dritten.“

„Oops“, sagte Oliver. „Lass mich das noch einmal versuchen. Ich finde dich hübsch.“

„Ähm, danke?“

Ruby trat näher an Oliver heran und stellte sich auf Zehenspitzen, um sein Gesicht genauer betrachten zu können. „Wenn sich das Wesen festgesetzt hat, kann es immer tiefere Ebenen des Geistes und der Erinnerungen des Wirts erreichen. Ah, da ist es!“ Sie zeigte auf Olivers Augen. „Siehst du das? Komm näher.“

Als ich gehorchte, fügte sie hinzu: „Welche Farbe haben Olivers Iriden normalerweise?“

Ich zerbrach mir den Kopf. „Dunkelbraun."

„Und welche Farbe haben sie jetzt?"

Ich blinzelte sie an. „Haselnussbraun … nein, jetzt sind sie grün."

„Vermutlich hatte der Geist in seinem Leben grüne Augen. Die Augen sind wirklich die Fenster zur Seele. Man kann sie benutzen, um reinzuschauen und zu sehen, wer zu Hause ist. Und im Moment ist es unsere reizende Geistassistentin, die wir sehen und mit der wir sprechen."

„Ooh", sagte Oliver. „Wer ist diese Zoe Clementine? Wir *mögen* sie …"

„Wir sollten uns beeilen", sagte ich, als ich Olivers tiefe, dunkle Geheimnisse am Horizont spürte.

„Obwohl der Geist Zugang zum Geist des Wirts hat, ist er, wenn er noch nicht lange drin ist, noch dabei, sich einzuleben. Stell dir vor, er befindet sich in einem dunklen Raum voller Lagerschränke. Die Erinnerungen, Emotionen und Ideen des Wirts sind Geschichten in diesen Schubladen, aber das Wesen weiß nicht unbedingt, was in welcher Schublade ist. Die Schubladen weiter vorn enthalten die am häufigsten aufgerufenen Gedanken, während die Schubladen weiter hinten die Gedanken, Wünsche und Erinnerungen sind, die der Wirt zu vergessen versucht. Ein böswilliges Wesen wird sich zuerst in den hinteren Teil des Raums vortasten, da es diese Geheimnisse sind, die ihm die größte Macht über den Wirt bieten.

Für unsere Zwecke ist es jedoch wichtig festzuhalten, dass das Wesen, wenn der Wirt noch nicht lange besessen ist, immer noch in der Desorganisation des lebendigen Geists verloren ist. Wenn du dem Wirt also eine persönliche Frage stellen kannst, die er wissen würde, etwas, das er sofort beantworten können sollte, kannst du anhand seiner Reaktionszeit beurteilen, ob er die Kontrolle über seinen eigenen Geist hat oder ob etwas anderes die Kontrolle übernommen hat. Zum Beispiel." Sie trat vor mich, um Oliver anzusehen. „Wie war dein Ergebnis bei den Mancer-Prüfungen, Oliver?"

Er öffnete den Mund, aber es kam nichts heraus. Ich sah zwischen meinen Tutoren hin und her, und nach ein paar weiteren Sekunden trat Ruby zurück. „Siehst du? Oliver Bridgewater weiß, dass er bei den Mancer-Prüfungen 999 von 1.000 Punkten erreicht hat. Er wird es nie vergessen, denn er war nur einen Punkt von Perfektion entfernt, und das verfolgt ihn seit Jahren – jeder in der Stadt weiß das, auch wenn er es nicht offen zugibt. Unmittelbar danach war es in Eastwind ein ziemliches Gerücht. Ich bin mir nicht sicher, ob dieses Wissen in seinem Hinterkopf bei all den anderen Dingen, die er gern vergessen würde, vergraben ist, oder ob er es dort aufbewahrt, wo er es schnell wiederfinden kann, aber so oder so, wenn wir mit Oliver gesprochen hätten, hätte er die Antwort sofort gewusst."

Oliver sagte: „Ich lerne abends Passagen aus den Lehrbüchern auswendig, damit ich sie Zoe am nächsten Tag vortragen kann, und sie glaubt, dass ich das ganze Buch auswendig kann."

Ruby presste die Lippen zusammen und zog die Augenbrauen hoch. „Na dann." Sie hielt inne. „Es gibt noch weitere subtile Möglichkeiten, Besessenheit zu erkennen, aber ich glaube, wir haben keine Zeit mehr, wenn wir uns nicht die tiefsten Geheimnisse unseres Wirts hier anhören wollen. Wie wäre es, wenn ich dir zeige, wie man exorziert?"

„Klingt gut."

Sie stellte ihre Füße schulterbreit auseinander. „Es ist immer gut, sich zu entspannen, bevor man das versucht. Es kann eine ziemliche Wirkung haben, wenn der Geist zuschlägt. Um einen Wirt von einer Besessenheit zu befreien, muss man den Geist zuerst in sich selbst channeln und ihn dann aus seinem System vertreiben und zurück in die spirituelle Welt bringen. Es ist also tatsächlich eine Kombination aus deinen Fähigkeiten des Channelns und des Verbannens. Ich werde es diesmal tun, und in Zukunft, wenn ich glaube, dass du bereit bist, kannst du es versuchen." Sie schloss die Augen, atmete tief ein, bevor sie ein Auge öffnete und hinzufügte: „Übrigens, Oliver hat nichts Belastendes oder auch nur ansatzweise Peinliches gesagt, verstanden?"

Ich nickte, weil ich es verstand. Wir würden ihn wieder als Versuchskaninchen brauchen, und er würde nie zustimmen, wenn er wüsste, wie schnell er angefangen hatte, romantische Geständnisse auszuplaudern.

Ruby stolperte einen Schritt zurück und öffnete einen Moment später die Augen. „Alles gut." Sie grinste.

Oliver blinzelte schnell. „Sind wir fertig?"

„Ja, mein Lieber. Warum zauberst du nicht meinen Tisch und meine Stühle herbei und setzt dich, während ich dir einen Tee für deine Nerven mache?" Sie gab ihm seinen Zauberstab zurück.

Er rieb sich mit der Hand übers Gesicht. „Gerne." Mit einer Handbewegung tauchten Tisch und Stühle wieder auf, und er ließ sich auf einen fallen.

„Die gute Nachricht ist", rief Ruby Minuten später aus der Küche, die mehr Teil des Salons war als nicht, „dass Besessenheiten außerhalb von Halloween, wenn die Geister frecher werden als sonst, unglaublich selten sind! Solange eine Hexe des Fünften Windes in der Nähe ist, können Geister uns meistens genauso leicht um Hilfe bitten, wie etwas selbst durch Besessenheit zu unternehmen."

„Und warum sollten sie um Hilfe bitten? Was, wenn wir ihnen nicht helfen wollen oder sie nichts Gutes im Schilde führen?"

Ruby rührte die Tasse Tee um, als sie sie Oliver brachte.

„Alle Geister und Wesen sind wie Wasser und Verbrechen. Sie folgen dem Weg des geringsten Widerstands. Sie sind im Großen und Ganzen einfach unglaublich faul. Ihre Energie ist auf das beschränkt, was sie aus ihrer Umgebung ziehen können, und obwohl sie durch Besessenheit viel Kraft aus ihrem Wirt ziehen können, sind die meisten nicht motiviert genug, es zu initiieren.“

„Das ist gut“, sagte Oliver. „Ich will nie wieder besessen sein.“

Ruby warf mir einen schnellen, schuldbewussten Blick zu.

„Trink deinen Tee“, sagte sie und nickte ihm zu. „Er wird dir helfen, deine Kraft für den Zauberstabunterricht wieder aufzutanken.“

Ugh. Der Teil der Magie, den ich am wenigsten mochte. Die Stunden, in denen Oliver alles ganz einfach aussehen ließ und ich mit meinem teuren Zauberstab herumfuchtelte und, wenn ich Glück hatte, nichts passierte. Wenn ich Pech hatte, explodierte irgendwas. Keine großen Explosionen, aber genau genommen ist jede Explosion zu groß, wenn sie ungewollt passiert.

„Oliver sieht ziemlich müde aus“, sagte ich. „Vielleicht können wir für heute Schluss machen?“

Ausnahmsweise sah mein streberhafter Nachhilfelehrer so aus, als stünde er voll hinter der Idee.

Ruby gab nach. „Okay, aber nur dieses eine Mal. Morgen müssen wir doppelt so viel lernen.“

„Von mir aus“, sagte ich.

Als Oliver seinen Tee ausgetrunken hatte und die Tür hinter ihm ins Schloss fiel, stand ich vom Tisch auf und wollte mit meiner Schlafenszeitroutine beginnen.

„Wo gehst du hin?“, fragte Ruby.

Ich erstarrte mitten im Schritt. „Duschen? Und dann schlafen gehen?“

Sie kicherte. „Oh, Nora, Liebes. Das ist sehr optimistisch von dir, aber Oliver ist zwar entschuldigt, aber ich fürchte, unser Unterricht für heute Abend hat gerade erst angefangen." Sie strahlte mich an und neigte den Kopf zur Seite.

„Okay", sagte Grim. „Jetzt steckst du definitiv in Schwie-rigkeiten."

Kapitel Zwei

Als ich am Wohnzimmertisch saß und wusste, dass ich nicht gehen durfte und nicht wusste, was als Nächstes passieren würde, begann ich mich ein wenig zu ärgern. Ich hatte den ganzen Tag lang gearbeitet. Konnte ich nicht einfach eine ruhige Nacht haben?

Ja, so geht das, Nora. Sei selbstgerecht, damit du dich nicht wie ein schuldiges Kind fühlst, das auf seine Strafe wartet.

Ich seufzte. Wenigstens machte Ruby Abendessen. Oder besser gesagt, sie wärmte es mit dem Zauber auf, den Tanner oft im Medium Rare verwendete.

Ich nutzte die Gelegenheit, um mein Staurolith-Amulett wieder umzuhängen, und legte den Kopf auf den Tisch, um schnell ein bisschen Energie zu tanken. Natürlich war das Essen in Nullkommanichts fertig, und sie brachte es herüber.

Schweinekoteletts mit Honigglasur und Rosenkohl mit Knoblauch, die ich am Abend zuvor für uns gekocht hatte. Der Duft spülte alle anderen Gedanken aus meinem Kopf, und Ruby war so freundlich, mich die ersten paar Bissen hinunterschlingen zu lassen, bevor sie wieder zu reden begann. Ich warf jedem der Vertrauten ein Stück Schweinefleisch zu, während sie sagte: „Ich weiß, dass du gelöscht hast."

Ich konnte nicht verstehen, was sie sagte. „Was?"

„Gelöscht. Wir haben darüber gesprochen. Wo ein Fünfter Wind das Licht aus dem Raum stiehlt, in dem er oder sie sich befindet."

Oh, richtig. In Sheehan's Pub. Ich hatte nicht gewusst, dass ich diese Fähigkeit besaß, bis ich sie eingesetzt hatte, um zu verhindern, dass Donovan Stringfellow von ein paar schäbigen Werwölfen zu Tode zerfetzt wurde. Ich hatte Ruby nicht erzählt, dass es passiert war, aber im Nachhinein war ich mit meiner Frage darüber auch nicht allzu diskret gewesen.

„Tut mir leid?", sagte ich mit vollem Mund.

„Es ist nichts, wofür du dich entschuldigen müsstest. Aber es hat mich ein bisschen wachgerüttelt." Sie legte Gabel und Messer auf ihren Teller und starrte mich mit herabhängenden Mundwinkeln an. „Wenn überhaupt, dann schulde ich dir eine Entschuldigung. Ich wollte deinen Fortschritt verzögern, um auf Nummer sicher zu gehen. Aber jetzt weiß ich, dass das der falsche Ansatz ist. Deine Kräfte entwickeln sich nicht in dem Tempo, in dem du trainierst. Nein, dein Training muss dem Tempo der Entwicklung deiner Kräfte entsprechen oder es übertreffen. Und ich sage dir, wir hinken *weit* hinterher."

Ich kaute langsamer. Was auch immer sie vorhatte, es würde meiner Verdauung nicht helfen, oder?

Sie nickte in Richtung meines Tellers. „Iss dein Abendessen auf. Du wirst die Kraft brauchen."

Ich schluckte den Bissen hinunter. „Üben wir das Löschen?", fragte ich und sah mich um. In Rubys Haus war sehr wenig Licht, also schien es ein guter Anfang zu sein.

„Oh nein, nein, nein ..." Sie schüttelte heftig den Kopf. „Löschen ist fortgeschrittener als das, wofür du bereit bist.

Ehrlich gesagt, ich weiß nicht, wie du es auch nur einmal geschafft hast, ohne zu explodieren.“

„Explodieren?“ Essensreste flogen aus meinem Mund, und ich hob meine Hand, um ihn zuzuhalten – zu spät. Egal. Nicht die dringendste Angelegenheit. „Hast du gerade *explodieren* gesagt?“

„Ja, Liebes. Bitte halte dir das nächste Mal den Mund zu. Heute Abend werden wir einen Zeh in einen riesigen, tiefen Ozean tauchen. Wir kommen bald zu den fortgeschritteneren Lektionen, aber zuerst müssen wir die Lage peilen.“ Sie hielt inne. „Das heißt, sobald du mit dem Abendessen fertig bist.“

Ich stopfte mir den Mund voll und schob dann meinen Teller weg. Wenn ich das nicht schnell runterschluckte, könnten mir meine Nerven einen Strich durch die Rechnung machen.

Nachdem die Teller abgeräumt waren, standen wir wieder im Salon und sahen uns an. Ich konnte den frühen Augustwind draußen hören und ein paar der Schmuckstücke und Totems, die von Rubys niedriger Decke hingen, drehten und wackelten willkürlich und übten ihre Abwehrmagie gegen ungebetene Besucher aus dem Geisterreich und wer weiß wo sonst noch aus.

„Was du jetzt tun wirst, lässt sich nicht mehr rückgängig machen“, sagte sie.

„Mir kommt es so vor, als ob du mir aktiv Angst machen willst“, sagte ich.

„So ist es. Du solltest ein bisschen Angst haben, wenn du das hier machst.“

„Ähm, also, die habe ich. Den ersten Punkt haben wir also abgearbeitet. Erzählst du mir jetzt, was wir gleich tun werden?“

Sie verschränkte die Hände vor der Brust und ließ sie in ihren langen, weiten Ärmeln verschwinden. „Nicht wir. Ich habe es schon getan. Und ein Teil von mir wünscht, ich hätte es nicht getan, weshalb ich so zögerlich war, dich an diesen Ort zu bringen."

„Sie trägt wirklich dick auf", sagte Grim.

„Kannst du laut sagen."

„Wenn du das nicht überlebst, solltest du wissen, dass ich derjenige war, der das Steak gegessen hat, das du letzte Woche auf dem Tisch gelassen hast."

„Was? Du hast hoch und heilig geschworen, dass es Clifford war."

„Ja. Ich habe gelogen. Das mache ich manchmal. Jedenfalls tut es mir nicht leid. Ich dachte, du solltest das auch wissen."

Ich blinzelte, um meinen Kopf freizubekommen, erinnerte mich an die letzten Worte, die sie gesprochen hatte, und fragte: „Okay, also, was genau machen wir?"

„Wir werden die Tür zu deinen früheren Leben öffnen."

„Nein!" Grim rappelte sich auf und ging zur Treppe. *„Ich bin raus. Diese Suppe ist zu scharf für meinen Geschmack."*

„Was? Du verlässt mich?"

„Definitiv. Ich habe von Rückführungen in frühere Leben gehört. Ich will nichts damit zu tun haben. Oh nein. Ihr Hexen findet das schlimm? Für Tiere ist es noch schlimmer. Sehr wenige Happy Ends in unseren früheren Leben." Er trottete die Treppe hinauf und verschwand aus dem Blickfeld.

Nicht gerade tröstlich, aber okay. Grims Anwesenheit war sowieso selten hilfreich.

„Wie mache ich das?" War ich wirklich im Begriff, meine früheren Leben zu besuchen? Die Aussicht hätte mich begeistert, wenn Ruby und Grim nicht so getan hätten, als wäre es praktisch ein Todesurteil.

Ruby erklärte mir den Vorgang langsam, und als sie fertig war, zog sie die Brauen hoch und fragte: „Bereit?"

„Wahrscheinlich nicht."

Sie nickte zustimmend. „Jetzt öffnest du nur die Tür, spähst hinein und schließt sie dann wieder. Verstanden? Geh nicht durch. Nicht einmal einen Schritt. Und achte darauf, dass die Tür fest verschlossen ist. Wenn es ein Schloss gibt, schließ es ab."

„Verstanden."

„Amulett?"

Ich nahm es ab und reichte es ihr, dann schloss ich die Augen und folgte den Schritten, die sie beschrieben hatte.

Ich stellte mir einen dunklen Flur vor. An den Wänden zu beiden Seiten standen Menschen aus meiner Vergangenheit, die mich anstarrten, als ich vorbeiging. Je weiter ich ging, desto älter wurden die Verbindungen. Alle standen aufrecht und still wie Soldaten in Hab-Acht-Stellung. Es war, wie Ruby gesagt hatte. Ich sollte mit keinem dieser Menschen sprechen; sie waren sowieso nur Projektionen.

Als ich an Tanner auf der einen und Grim auf der anderen Seite vorbeikam, wusste ich, dass ich am Ende von Eastwind angekommen war. Was als Nächstes kam, war kein vergangenes Leben, auch, wenn es sich auf jeden Fall so anfühlte. Mein Leben in Austin war streng genommen kein vergangenes Leben. Ich war immer noch dieselbe Person mit denselben Erinnerungen, die mir zugänglich waren, ohne dass ich irgendwelche Türen öffnen musste.

Ich kam an Neil vorbei, dem Versager von einem Freund, mit dem ich meine Zeit in New Orleans verschwendet hatte, bevor mich mein Autounfall hierher gebracht hatte. Als Nächstes kamen meine ehemaligen Mitarbeiter, dann meine ehemaligen Chefs. Ich ging weiter, bis ich die beiden Menschen sah, die wiederzusehen ich mich gefürchtet hatte, weil ich wusste, dass es schmerzhaft sein würde. Und das war es auch. Sie trugen sogar dieselben Outfits wie das letzte Mal, dass ich sie gesehen hatte.

Der Drang stehenzubleiben und mit ihnen zu sprechen, nur für den Fall, dass es auch nur den Hauch einer Chance gab, dass sie antworten würden, war fast überwältigend.

Sie sind nicht real. Sie sind nur Erinnerungen. Impressionen.

Also vermied ich es, meine Eltern direkt anzusehen, als ich vorbeiging.

Sie waren die letzten beiden in den langen Reihen. Hinter ihnen war der Flur leer, und ein Licht, das am anderen Ende unter einer geschlossenen Tür hervorschien, trieb mich weiter. Das war mein Ziel.

Als ich vor der Türschwelle stand, hielt ich inne, meine Hand schwebte einen Zentimeter über der Klinke. *Öffne sie, sieh dich um, dann mach sie wieder zu,* erinnerte ich mich.

Ganz einfach, auch wenn Angst in meinem Bauch brodelte. Ich atmete tief ein, drückte die Klinke und zog.

Die Tür öffnete sich problemlos, als würde sie mir jemand entgegenschieben, und blendendes Licht strömte in den Flur. Meine Augen brauchten einen Moment, um sich an die Dunkelheit zu gewöhnen, und als sie es taten, starrte ich auf einen riesigen Ozean, auf dessen Oberfläche sich das Sonnenlicht spiegelte. Ich tat, was Ruby mir befohlen hatte, spähte durch den Rahmen, sah mich um, ging aber nicht hinein.

Vor mir ragte der riesige Metallmast eines Schiffes auf, und dahinter der offene, unendliche Ozean. Salzige Luft wehte mir ins Gesicht, und ich war versucht, noch ein bisschen zu bleiben und sie zu genießen, aber ich wusste, dass das unklug war. Ich hatte getan, was ich mir vorgenommen hatte. Ich hatte die Tür geöffnet. Ich hatte einen Blick hindurch geworfen. Und obwohl das, was dahinter lag, wenig Sinn ergab, war mir klar, dass es Zeit war, die Tür zu schließen.

Dieser Teil war entscheidend. Rubys Warnung, ihr beunruhigter Ton, ihr Drängen, die Tür, wenn möglich, abzuschließen, klangen in meinen Ohren, als ich zurücktrat und die Tür zuschob.

Es gab keinen Widerstand. Sie ließ sich leicht schließen und rastete fest ein. Ich suchte nach einem Schloss, fand aber keines, also rüttelte ich ein wenig am Türgriff und zog daran, ohne ihn zu drücken, doch die Tür blieb genau dort, wo sie war.

Hm. Einfach genug. Fast zu einfach. Vielleicht war ich begabter, als ich gedacht hatte, da ich es ohne Probleme geschafft hatte.

Also fühlte ich mich ziemlich gut, als ich meine Augen öffnete und wieder in Rubys Salon war. Ich begegnete ihrem besorgten Gesichtsausdruck mit einem Grinsen. „Das war doch nicht so schwer."

„Du hast es geschafft?"

„Ja." Ich nahm ihr den Staurolith wieder ab und legte mir die Kette um den Hals. „Ich weiß nicht, warum du dich so gestresst hast. Es war ganz einfach."

„Und die Tür ging zu?"

Es war, als wäre sie enttäuscht, dass ich mich nach diesem Erlebnis nicht vor Krämpfen am Boden wand. „Ja. Es war sogar leichter, als deine Haustür zugeht."

„Bist du sicher?", beharrte sie.

„Ja", sagte ich ungeduldig. „Ich habe sie aufgemacht, mich umgesehen und sie wieder geschlossen. Vielleicht ist es genau so, wie du gesagt hast, und ich bin mächtiger, als du dachtest."

„Was hast du gesehen?"

Ich zuckte die Achseln. „Das Meer."

Sie kniff die Augen zusammen. „Interessant. Hast du Angst vor Wasser?"

Ich kicherte verblüfft. „Was? Nein! Ich meine, ich tauche meinen Kopf nicht gern unter, und ich war nie ein großer Fan des Golfs von Mexiko, aber wer ist das schon?"

„Ah." Sie nickte und wirkte zufrieden mit sich selbst. „Ich verstehe. Okay."

„Was?", fragte ich, plötzlich paranoid. „Was ist los?"

Sie zuckte mit einer Schulter, klopfte mir auf den Arm und watschelte zur Treppe. „Nichts. Nur, dass du, wenn du jetzt noch keine Angst vor Wasser hast, sie wahrscheinlich bald haben wirst." Kurz bevor sie nach oben verschwand, sagte sie: „Nacht, Liebes."

Als ich mit offenem Mund dastand, war ich mir ziemlich sicher, dass ich gerade eine weitere Fähigkeit des Fünften Windes entdeckt hatte: anderen schlimme Vorahnungen einzuflößen. Und Ruby war eine Meisterin darin.

Kapitel Drei

Freitagmorgens war es im Medium Rare immer etwas ruhiger. Meine Theorie war, dass die Eastwinder am Ende der Woche keine Lust hatten, irgendwas zu tun, aber das könnte auch nur eine Projektion meinerseits sein. Ich war heute Morgen besonders müde, als ich das Besteck in Servietten rollte und mich fragte, wann Oliver mir beibringen würde, wie man das mit einem Zauberstab macht – Sie wissen schon, nützliche Magie. Ich wette, Donovan wusste, wie es geht. Er konnte mehrere komplizierte Cocktails gleichzeitig zubereiten, indem er nur seinen Zauberstab benutzte.

Vielleicht sollte er mein Lehrer sein, dachte ich.

Äh, nein. Dumme Idee, Nora.

Ich hatte in der Nacht zuvor nicht gut geschlafen, und das nicht nur, weil Ruby anscheinend ihr Bestes getan hatte, um mir mit ihrem unheilschwangeren Unsinn eine Heidenangst einzujagen. Und auch nicht nur, weil Grim darauf bestanden hatte, die ganze Nacht auf dem Rücken zu schlafen – in dieser Position schnarchte er immer lauter als ein Güterzug.

Es war der Traum, der mich erschöpft hatte. Ich hatte

verschiedene Dinge darüber gehört, wie Träume zeitlich funktionieren. Manche Leute sagen, ein Traum, der sich anfühlt, als würde er Stunden dauern, dauert nur eine halbe Minute. Dieser hier hatte sich angefühlt, als hätte er die ganze Nacht gedauert, obwohl ich mich kaum an etwas erinnern konnte. Als ich aufwachte, war er noch frisch in meinem Gedächtnis, aber sobald ich die Augen öffnete, verschwand er bis auf Bruchstücke. Ich versuchte, ihn in einen Zusammenhang zu bringen, herauszufinden, warum er sich so intensiv angefühlt und mich so geistig benebelt gemacht hatte. Darin war alles grün gewesen und der Himmel rauchgrau, jemand war bei mir, und ich war so viel jünger ...

Ich zuckte zusammen, als Tanner seine Hände um meine Taille legte und ich seinen heißen Atem an meinem Hals spürte. „Hey, schöne Frau." Er drückte mir einen Kuss auf die Halsbeuge, was mir einen Schauer über den Rücken jagte.

Er drehte mich zu sich um und wich zurück, als er sah, dass ich immer noch ein Buttermesser in der Hand hielt. „Whoa, immer mit der Ruhe."

Ich legte es auf die Theke. „Tut mir leid. Du hast mich überrascht."

„Ah. Guter Überlebensinstinkt also. Aber nächstes Mal solltest du vielleicht eines der Steakmesser nehmen."

„Du willst damit sagen, dass ich lernen muss, mich gegen dich zu verteidigen?"

Ein schiefes Grinsen flackerte an den Winkeln seiner rosigen Lippen. „Wahrscheinlich eine gute Idee." Er beugte sich nach vorn, um mich zu küssen, aber etwas hielt mich davon ab.

„Tanner", flüsterte ich, „es ist unprofessionell von uns ... du weißt schon."

Sein Blick schweifte kurz durch den Gastraum. „Es ist nur Hendrix Hardy. Und der schläft halb."

Er zuckte zusammen und richtete seine Aufmerksamkeit dann wieder auf mich. „Wie auch immer, willst du mir wirklich einen Kuss vorenthalten? Das Geheimnis über uns ist raus, Nora."

Er brachte stichhaltige Argumente vor, und trotzdem spürte ich Widerstand, was mich glauben ließ, dass es nicht die Anwesenheit unseres schlaflosen Werwolf-Stammgastes war, der mich zögern ließ.

Als er sich dieses Mal nach vorn beugte, gab ich jedoch nach.

Und das Gefühl seiner Lippen auf meinen war ein Trigger. Der Traum kehrte zurück wie ein Film, der zehntausendmal beschleunigt wurde.

Haben Sie schon einmal einen Traum gehabt, der so real war, dass die Gefühle darin – Liebe, Verbundenheit, Verlust, Schuld – in Ihnen nachklingen, als wäre es kein Traum, sondern eine Realität, der Sie sich gerade die ganze Nacht hingegeben haben, frei von den Regeln und Loyalitäten Ihrer wachen Stunden? Und wenn Sie aufwachen, spüren Sie eine dumpfe Sehnsucht nach der Welt, die Sie besucht haben, und von der Sie wissen, dass Sie sie nie wieder sehen werden?

Dieses Schuldgefühl ließ mich fast den Kuss abbrechen. Ich war mir so absolut sicher, dass ich Tanner betrogen hatte.

Nein, nicht mit Donovan, obwohl ich verstehen kann, dass Sie denken, dass ich das gemeint habe. Aber meine Schuldgefühle für diese seltsame Nacht in den Deadwoods waren in den Wochen seitdem schwächer geworden, und wer konnte schon sagen, ob das akzeptabel war oder nicht?

Ich spreche von der vergangenen Nacht. In meinen Träumen. Ich hatte Tanner betrogen.

Oder vielleicht betrog ich jemanden mit Tanner. Das war eher das Gefühl.

Ich konnte fast auch das Gesicht des Mannes aus dem

Traum sehen, aber dieser Teil war immer noch teilweise verborgen, als ob er hinter einem durchsichtigen Vorhang versteckt wäre. Meine Haut kribbelte, wo dieser mysteriöse Mann mich sanft liebkost hatte.

Hör auf, an deinen dummen Traum zu denken! Komm darüber hinweg und küss' deinen superheißen Freund!

Ich kniff die Augen fester zusammen, versuchte mich wieder zu konzentrieren, und ich bin froh, sagen zu können, dass mir das gelungen ist, gerade rechtzeitig, um ein bisschen mehr Knutscherei mit Tanners Fingern in meinen Haaren einzuschieben, bevor das Glöckchen über der Eingangstür klingelte und wir uns schnell voneinander lösten.

Hyacinth Bouquet stand in der Tür, und ich konnte nicht sagen, ob die Elfe eher schockiert oder nervös war. Hinter ihr stand ihr Ehemann James, der sich die heutige Ausgabe der *Eastwind Watch* unter die Achsel geklemmt hatte, damit er Tanner zwei Daumen hoch zeigen konnte.

Ich räusperte mich. „Morgen, Familie Bouquet. Setzt euch, wo ihr wollt, ich bin gleich bei euch."

Ich drehte mich wieder zu Tanner um und warf ihm einen wütenden Blick zu.

„Was?", sagte er lachend. „Wir haben Hyacinth gerade genug Klatsch gegeben, um die nächsten paar Stunden damit zu verbringen" – er senkte seine Stimme zu einem aufgeregten Flüstern – „und ich glaube, ich habe nach all den Jahren gerade James' väterliche Anerkennung gewonnen." Er zuckte mit den Schultern. „Alle gewinnen."

„Ja", sagte ich und beugte mich vor, „James schien tatsächlich ein bisschen *zu* begeistert zu sein." Ich schnitt eine Grimasse, und er schien zu begreifen.

„Ich sollte besser nach Hendrix sehen", sagte er und eilte davon. Ich schnappte mir die Kaffeekanne und zwei Tassen und ging zum Tisch der Bouquets, um meinen Tag zu beginnen.

Eine Woche verging, ohne dass ein einziger Mord oder irgendetwas Rätselhaftes passierte, und ich war froh darüber ... oder nicht?

Das bedeutete, dass meine Zeit außerhalb des Medium Rare für weitere Lektionen wie die von heute Abend frei war, die mich langsam umbrachten, da war ich mir ziemlich sicher.

„Nochmal", blaffte Ruby. Oliver schnippte mit dem Handgelenk, und alle Lichter im Salon gingen wieder an. Oder alle, die ich bei meinem letzten Versuch hatte löschen können, also etwa die Hälfte.

Ich stöhnte. Das Löschen war so viel einfacher gewesen, als es um Leben oder Tod gegangen war. „Ich glaube, ich bin erschöpft", sagte ich.

„Unsinn", antwortete Ruby. „Nochmal, dann machen wir eine Pause."

„Und nach der Pause?"

„Übst du weiter."

„Fänge und Klauen", schnaubte ich, dann schloss ich die Augen und versuchte es nochmal. „Können wir nicht was Einfacheres machen, wie Oliver ein paar Dutzend Male zu exorzieren?"

„Nicht lustig", sagte er.

„War auch nicht so gemeint."

Das Löschen fühlte sich ein bisschen so an, als würde man Luft einsaugen, bis die Lunge fast platzt, sie dann anhalten und alle Muskeln in Brust und Bauch anspannen, als würde man versuchen, die gesamte Luft aus der Lunge zu pressen. Als ich es das erste Mal getan hatte, war mir nicht bewusst gewesen, wie schwierig es war, denn ich war schon im Kampf-oder-Flucht-Modus, und das Anspannen aller Muskeln und Anhalten des Atems war nur ein Teil des Moments, in dem ich dachte, die Werwölfe würden Donovan in Stücke reißen und ich wäre gezwungen, dabei zuzusehen.

Es ist viel schwieriger, eine solche Reaktion zu provozieren, wenn man nur den Burger, den man von der Arbeit mitgebracht hat, aufwärmen, ein gutes Buch lesen und dann schlafen gehen möchte (vorzugsweise ohne die Fremdgeh-Träume).

Aber ich tat, was Ruby mir befohlen hatte, denn das allein war ein solider Überlebensinstinkt.

Ich versuchte es noch einmal mit dem Löschen.

Eine der schwebenden Kerzen in der Ecke des Zimmers erlosch, und ein paar der Kugeln über unseren Köpfen schwankten, aber das war alles, was ich schaffte.

„Ich glaube, sie ist wirklich erschöpft", sagte Oliver.

Ich drehte Ruby den Rücken zu, sodass nur er es sehen konnte, als ich mit den Lippen *Danke* sagte.

„Dann machen wir eine Pause", räumte Ruby ein.

„Ich denke, wir sollten Schluss machen, meinst du nicht?", fuhr Oliver fort und zeigte untypischen Mut gegenüber der alten Nekromantin, die es gewohnt war, ihren Willen durchzusetzen. Gut für ihn. Dafür würde ich weiter so tun, als hätte er nicht gestanden, dass er das lange Fell seiner Vertrauten, einer großen Perserkatze, regelmäßig zu französischen Zöpfen flocht, was er – oder vielmehr der Geist in ihm – am zweiten Tag unserer Exorzismus-Lektionen ausgeplaudert hatte.

„Gut", sagte Ruby. „Wenn du denkst, dass es so am besten ist, Oliver, vertraue ich dir."

Mein Tutor schien fast genauso überrascht zu sein, diese Worte aus ihrem Mund zu hören, wie ich.

„Möchtest du eine Tasse Tee, bevor du gehst?", fügte sie hinzu.

Oliver war ein kluger Mann. Klug genug, um zu wissen, wann er sein Glück mit Rubys Gastfreundschaft nicht überstrapazieren sollte. „Nein, danke. Ich gehe besser, damit ich morgen früh loskomme."

Ich würde nicht sagen, dass er aus dem Haus *rannte*, aber er schlenderte auch definitiv nicht.

Ruby ließ mir eine Atempause, als ich mich schwer auf den Tisch lehnte, erschöpft von der Lektion des Tages.

„Vielleicht habe ich dich zu sehr angetrieben", sagte Ruby und brach das Schweigen. Sie brachte meinen schon aufgewärmten Burger herüber und stellte ihn vor mich.

Ich wusste nicht, was ich sagen sollte, außer: „Danke."

„Ich weiß, dass du kein Kind mehr bist, Nora. Aber ich mache mir Sorgen um dich, und vielleicht mehr als nötig. Immerhin hast du beim ersten Versuch ohne Probleme gechannelt. Du hast es auch beim ersten Versuch geschafft, zu löschen, ohne zu explodieren, und du hast es geschafft, die Tür zu deinen früheren Leben ohne Zwischenfälle zu öffnen und zu schließen. Ich konnte diese Dinge beim ersten Versuch nicht so erfolgreich und sicher tun, also scheint es, als hätte ich projiziert." Sie setzte sich mir gegenüber. „Lass es dir nicht zu Kopf steigen, aber du bist vielleicht talentierter darin als ich, als ich angefangen habe."

„Ich habe ja auch eine Mentorin", sagte ich und fühlte mich aus irgendeinem Grund schuldig. „Die hattest du nicht."

Sie nickte. „Stimmt. Wäre ich von einem Fünften Wind im Ruhestand betreut worden, wäre ich wahrscheinlich zu diesem Zeitpunkt exponentiell geschickter gewesen als du. Aber leider hat niemand auf mich gewartet, um mir den Weg zu weisen, als ich in die Stadt gekommen bin."

„Tut mir leid, dass dein Ruhestand so ... ermüdend ist."

Sie winkte mit einer Handbewegung ab. „Unsinn. Ich war nie dumm genug zu glauben, ich könnte meine Verantwortung als Fünfter Wind abschütteln. Vielleicht war ich dumm genug zu hoffen, aber das ist nicht dasselbe. Wir hoffen ständig auf Dinge, von denen wir nicht glauben, dass sie passieren werden.“

„Vermisst du es manchmal?“, fragte ich. „Ich meine, die Rätsel in der Stadt zu lösen? Morde, Diebstähle, Spukgeschichten und so weiter?“

Anstatt zu antworten, seufzte sie und kniff die Augen zusammen. „Ich nehme an, du hast bemerkt, dass es nicht so einfach ist, wie du gehofft hast, deine Verantwortung als Fünfter Wind zu vergessen.“

„Nein, es ist ziemlich einfach“, sagte ich. „Das Medium Rare ist großartig, und Tanner ist wunderbar, und ich bekomme eine bessere Ausbildung als je zuvor, aber … ich weiß nicht.“

„Es scheint sinnlos?“, sagte Ruby sanft und zog eine Augenbraue hoch.

Ich zuckte zusammen. „Ich weiß nicht, ob ich das sagen würde … nein. Du hast vollkommen recht. Es scheint sinnlos.“

Sie nickte. „Ich weiß. Verstehst du, warum es sich so anfühlt?“

„Nicht wirklich. Aber ich nehme an, du schon.“

Ruby kicherte. „Oh ja, ich weiß genau, warum.“

Ich setzte mich gerader hin. „Teilen macht Freude, also raus damit!“

Sie lächelte, streckte sich nach vorn, und strich mir eine Haarsträhne hinters Ohr. „Diesmal nicht. Aber ich weiß, was du fühlst, also kannst du zumindest Trost darin finden, dass du nicht allein bist.“

Sie stand vom Tisch auf und ging zur Treppe.

„Warte!“, rief ich. „Was denkst du, dass ich machen sollte?“

Sie drehte sich wieder zu mir um, seufzte und verdrehte die Augen. „In welchem Zusammenhang?"

„Der Stadt bei den ungelösten Fällen zu helfen."

„Oh." Sie schnaubte und winkte ab. „Du musst gar nichts tun, Liebes. Du könntest nicht aufhören, deine Nase in Ärger zu stecken, selbst wenn du es versuchen würdest. Kein Fünfter Wind kann das. Wir ziehen sowas magisch an. Ich meine, sieh mich an! Ich habe behauptet, mit dem Geisterdrama fertig zu sein, und doch habe ich den größten Katastrophenmagneten der Stadt unter mein Dach eingeladen. Ich finde es bewundernswert, dass du versuchst, dich auf andere Dinge zu konzentrieren, aber letztendlich ist es sinnlos. Du denkst, du musst eine Entscheidung treffen, aber so ist es nicht. Es liegt nicht an dir." Sie lächelte. „Wenn mich das Leben etwas gelehrt hat, dann, dass das Beste, worauf du hoffen kannst, die Ankunft eines weiteren Fünften Windes in der Stadt ist, und dass er dir die Hauptlast des Ärgers abnehmen kann." Sie drehte sich um und fügte über ihre Schulter hinzu: „Nacht, Liebes."

Ich öffnete meine Augen und starrte in einen graublauen Himmel.

Eine frische Meeresbrise flüsterte durch das dichte Gras unter mir, und als ich fröstelte, zog mich ein warmer Körper zu meiner Rechten an sich und wärmte mich. Ich sah mich um, und da war er. Der Mann, den ich kannte und doch nicht kannte.

Er starrte in den Himmel und ließ mir einen ruhigen Moment, um sein Profil zu betrachten. Er war jung, vielleicht achtzehn oder neunzehn, aber ich war es auch. Er blinzelte mit türkisfarbenen Augen in den bewölkten Himmel, seine Nase war eine lange, gerade Skulptur, ein Werk feinster Handwerkskunst.

„Es wird nicht mehr lange dauern, bis von mir erwartet wird, dass ich heirate“, sagte er. Seine Stimme war tief, voll, und der irische Akzent war nicht zu überhören, obwohl er nicht ganz so klang, wie ich ihn zuvor gehört hatte.

„Und?“

Er wandte mir seinen Kopf zu, unsere Gesichter waren nur wenige Zentimeter voneinander entfernt. „Das werde ich nicht. Ich werde mich weigern.“

„Das kannst du nicht.“

„Kann ich wohl. Es wird keine beliebte Entscheidung sein, aber sie können mich nicht dazu zwingen, wenn ich es nicht will.“

„Du weißt, worauf es hinauslaufen wird.“

„Ich bin der einzige männliche Erbe. So weit wird es nicht kommen. Und wenn doch ...“

„Das ist lächerlich“, sagte ich. „Du bist stur, aber nicht so stur.“

Er rollte sich auf die Seite und stützte den Kopf auf die Faust.

„Ich bin nicht lächerlich. Ich meine es ernst, Diana. Es gibt nur eine Frau, die ich will.“ Er strich mir das Haar aus dem Gesicht, und seine Augen folgten seinen Fingerspitzen, als er damit mein Kinn, meinen Hals und mein Schlüsselbein nachzeichnete. Er streichelte die Umrisse, studierte sie und ließ mir einen weiteren ruhigen Moment, um seine atemberaubende Schönheit zu bewundern.

„Das ist unmöglich“, sagte ich.

„Dann gehen wir zusammen.“

„Und wohin?“

„Ist das wichtig? Irgendwohin. Ich würde dir in den Tod folgen.“

„Ich hoffe, es kommt nicht dazu."

Er lächelte auf mich herab, und einen Moment später wurde seine Nachdenklichkeit von einem Ausbruch der Leidenschaft unterbrochen, und seine Lippen trafen meine. Ich spürte die ganze Last seiner Hoffnungen, seiner Trauer und noch etwas anderes ... wie ein Versprechen, aber –

„Süße Wirbel!", keuchte ich und setzte mich im Bett auf.

Mein Schrei erschreckte Grim, der auf dem Rücken auf seinem Hundebett lag. Er zappelte verzweifelt, bis er sich auf die Füße rollen konnte.

„Was? Was ist los?"

„Entschuldige", sagte ich. „Nur ein Traum. Ein lebhafter Traum."

„War da ein köstlich duftendes Jackalope dabei, der geradezu danach verlangt hat, gefressen zu werden?"

„Äh ... definitiv nicht. Warum?"

„Ich wollte sichergehen, dass wir nicht denselben Traum hatten."

„Das hoffe ich wirklich", sagte ich und spürte immer noch das Prickeln der Lippen des Mannes auf meinen.

„Ich auch. Eine Todeshexe und ihr Vertrauter, ein Todesomen, die einen gemeinsamen Traum haben? Das würde auf jeden Fall in Tränen enden."

„So habe ich noch nie darüber nachgedacht. Aber du hast recht. Jetzt bin ich besonders froh."

Ich bezweifelte, nach dem Traum wieder einschlafen zu können, und als ich auf die Uhr sah, wurde mir klar, dass es keinen Sinn hatte, es zu versuchen. Ich musste sowieso in einer halben Stunde aufstehen, um zur Arbeit zu gehen. Ich konnte genauso gut früh in den Tag starten und hoffen, dass der Dunst, der von diesem smaragdgrünen Feld um mich herum hing, und die Wärme seines Körpers, der sich an meinen schmiegte, verschwanden, bevor ich zur Arbeit kam.

Kapitel Vier

Tanner drückte meine Hand, als wir nach unserer Schicht durch die Stadt gingen. Die Augustsonne brannte heiß auf meiner Haut, aber die ersten erfrischenden Winde des Herbstes hatten begonnen, in die Stadt zu kommen.

„Geht's dir gut?", fragte er.

Ich starrte zu ihm auf. „Was?", lachte ich. „Ja, mir geht's gut."

„Da bin ich anderer Meinung", sagte Grim von meiner anderen Seite. *„Du bist nicht okay."*

„Du wirkst nur, ich weiß nicht, müde oder abgelenkt. Irgendwie in deinem Kopf." Er fügte hastig hinzu: „Und das ist in Ordnung. Du kannst sein, wie du sein willst. Ich frage nur, ob es dir gut geht, und wenn nicht, ob ich dir irgendwie helfen kann."

Ich stellte mich auf die Zehenspitzen, um ihm einen schnellen Kuss zu geben. „Ich bin nur müde. Oliver und Ruby gehen mir mit dem Training in letzter Zeit ziemlich auf die Nerven."

„Ja? Hast du irgendwelche besonderen Kräfte, die du mir zeigen möchtest?"

Grim ließ seinen Schwanz hängen. *„Süßes Baby-Jackalope, nicht das schon wieder."*

„Ja", sagte ich, „aber nicht in der Öffentlichkeit."

„Bitte hör auf."

Tanner zog mich näher und legte einen Arm um meine Schulter. „Dann ist es wohl gut, wenn wir zu mir nach Hause gehen. Ich habe auch ein paar besondere Kräfte, die ich dir gern zeigen möchte."

Grim würgte.

Ich ignorierte seine Theatralik. „Und welche Kräfte könnte eine Westwind-Hexe haben, die ich noch nicht gesehen habe?"

„Nora, du hast mich noch nie im Herbst gesehen, und er steht vor der Tür. Wenn ich jemals was getan habe, um dich zu beeindrucken, solltest du dich darauf gefasst machen, dass es dich umhauen wird, wenn meine Kräfte ihren Höhepunkt erreichen."

„Das ist nicht fair", sagte ich. „Alle Hexen haben ihre Jahreszeiten, in denen ihre Kräfte ihren Höhepunkt haben. Alle außer mir. Wah-wah."

„Du brauchst aber keine Jahreszeit, schöne Frau." Er küsste mich auf den Kopf, als wir um die Ecke in Richtung Fulcrum Park bogen. „Deine Kräfte erreichen nachts ihren Höhepunkt. Du bist das ganze Jahr über großartig."

Ich stöhnte. „Eines Tages vielleicht. Im Moment kann ich kaum löschen, ohne mir den Rücken zu verrenken."

Er lehnte sich von mir weg und blinzelte schnell. „Whoa. Löschen gibt es wirklich?"

„Ja."

„Und du kannst es?"

„Manchmal."

Er nickte, als er die neue Information verarbeitete. „Das ist ... ziemlich heiß.“

Grim würgte erneut.

„Du kannst zu Ruby zurück, wenn es dir nicht passt“, sagte ich.

„Glaub mir, das würde ich, aber ich habe Monster versprochen, sie abzulenken, während ihr beide oben mit euren Pheromonen ein Feuerwerk entzündet.“

„Immer so dramatisch. Wir werden nicht ...“

Der Anblick des Fulcrum-Brunnens ließ mich innehalten.

„Was zum ...?“, sagte Tanner und starrte auf den überlaufenden Brunnen in der Mitte des gepflegten Parks.

„Irgendwas muss ihn verstopfen“, sagte ich, als wir näher kamen. „Vielleicht ist es das?“, sagte ich und deutete auf ein hellblaues Sommerkleid, das an der Oberfläche schwamm.

Und dann wurde mir klar, dass es nicht nur ein Sommerkleid war. Es war ein Sommerkleid mit einer Person darin.

Tanner bemerkte es einen Sekundenbruchteil vor mir und sprintete schon, als meine Füße die Botschaft erst begriffen, dass sie rennen sollten.

Das dunkle Haar und die sandfarbene Haut kannte ich irgendwoher, aber nicht genug, als dass mein Gehirn zu einem Schluss kam. Wer auch immer es war, sie trieb mit dem Gesicht nach unten und bewegte sich nicht.

Tanner sprang in den Brunnen und machte große Schritte hindurch, um an sie heranzukommen. Ich war nur noch wenige Meter vom Brunnenrand entfernt und spritzte bereits durch den Überlauf, als ich den ersten stechenden Schmerz spürte.

Es fühlte sich an wie ein Messer in meiner linken Lunge, und grelles Licht blitzte vor meinen Augen auf. Ich taumelte und hielt mir die Brust. Dann war der Schmerz genauso plötzlich verschwunden.

Ich war ziemlich sicher, dass ich nicht gerade einen Herzinfarkt erlitten hatte, und da es eine dringendere Angelegenheit gab, marschierte ich weiter.

Wo mich der erste Schmerz getroffen hatte, warf mich der zweite um, kurz bevor ich den Brunnenrand erreichte.

Ein unsichtbares Messer in jeder Lunge und eines in meiner Kehle. Meine Knie gaben unter mir nach, und das grelle Licht dominierte mein Sichtfeld, aber diesmal verschwand es nicht. Diesmal gewöhnten sich meine Augen einfach an das Licht, und vor mir lag der Ozean, auf dessen Oberfläche Sonnenlicht glitzerte, und der Körper eines Mannes, der mit dem Gesicht nach unten trieb, sanft auf und ab tauchte, wenn er das Wellental erreichte, während Flammen aus Sonnenlicht um ihn herum tanzten. Seine Hose und sein Hemd waren dunkel und durchnässt und klebten an seinem Oberkörper und seinen Beinen.

Wer war er? Warum war dieser Schmerz so unerträglich?

Kaum hatte ich die Fragen gestellt, wurde mir die Antwort gezeigt.

Die Kleidung des Mannes war trocken, und erst dann konnte ich anhand der Pins über der Brusttasche erkennen, dass es sich um eine Uniform handelte, modern, wahrscheinlich militärisch. Er saß in einem dunklen und staubigen Raum einem Mann gegenüber, vermutlich einem Zivilisten, der viel besser gekleidet war als er und eine selbstgedrehte Zigarette rauchte, während er etwas ausführlich in schnellem Spanisch erklärte.

Das Treiben einer belebten Straße drang zusammen mit Lichtstrahlen durch die Lamellen der Jalousien herein. Obwohl ich die Sprache nicht verstand, erkannte ich, dass ein Deal gemacht wurde, wenn ich einen sah, und mit ein paar scharfen und abschließenden Worten schob der besser gekleidete Mann einen Stapel abgenutzter Münzen über den Tisch zu dem Mann, dessen grausiges Schicksal ich schon gesehen hatte.

Obwohl der Uniformierte mit der Belohnung zufrieden zu sein schien, wollte ich ihm zurufen, dass es egal war. Dass keine Menge Metall ihn davor bewahren konnte, mit dem Gesicht nach unten im Meer zu landen, ohne einen Streifen Land am Horizont.

Als der uniformierte Mann aufstand und meine Aufmerksamkeit vom Tisch weglenkte, bemerkte ich etwas Merkwürdiges an diesem Raum. Von der Decke hingen Gegenstände, die denen in Rubys Salon nicht unähnlich waren. Gab es einen anderen Nutzen für sie als magischen Schutz, oder ging hier irgendwas vor, das ich gerade erst bemerkt hatte?

„Nora!" Tanners Stimme drang durch die Vision wie eine Machete und zerriss sie in zwei Teile. Der staubige Raum fiel um mich herum in sich zusammen, und ich öffnete die Augen. Wieder begrüßte mich ein blendendes Licht, aber diesmal war es nur die Sonne, zu der ich aufstarrte, in Tanners Armen gewiegt. Ich blinzelte und hob einen Arm, um meine Augen abzuschirmen.

„Was ist passiert?", fragte ich.

Tanner war klatschnass und starrte mit großen Augen auf mich herab, während er keuchte. „Das versuche ich herauszufinden! Erst schwimmt Zoe im Brunnen, dann brichst du zusammen und ringst nach Luft."

„Zoe ... Clementine?"

Ich erinnerte mich, wo ich war und was zu der Vision geführt hatte. Ich setzte mich auf, auch wenn Tanner versuchte, mich festzuhalten. „Geht's ihr gut?"

„Bin mir sicher, es ging ihr noch nie besser", giftete Grim, der neben Tanner saß.

„Ich weiß nicht", sagte Tanner. „Aber Sheriff Bloom ist hier."

Der Engel war vornübergebeugt und hatte seine weißen Flügel wie einen Schild ausgebreitet, sodass ich nur Zoes klatschnasse Beine und Füße sehen konnte. Irgendwann war eine der Sandalen der Eastwind-Hexe heruntergefallen, und ihre neonpink lackierten Zehennägel stachen mir ins Auge. Sie schienen in dieser Situation absurd.

Passanten waren stehen geblieben, um das Spektakel zu beobachten, hielten aber respektvoll Abstand. Ich vermutete, dass das eher an der Ehrfurcht der Stadt gegenüber Sheriff Bloom lag als daran, dass jemand besonders diszipliniert war, denn es gab wenig, was die Leute von Eastwind lieber taten, als zu gaffen.

„O meine Göttin", sagte eine Frau hinter mir, und ich drehte mich um und sah Evangeline Moody herbeigerannt kommen, Donovan Stringfellow nur wenige Meter hinter ihr. Sie blieben genau neben Tanner und mir stehen, und Donovan blickte von Sheriff Bloom zu dem triefend nassen Tanner und dann zu mir, wo ich noch immer in seinen Armen lag und wahrscheinlich ein wenig mitgenommen aussah.

„Was, in allen Winden, ist hier passiert?", fragte er.

Eva starrte entsetzt und schlang die Arme um sich. „Ist das Zoe?", fragte sie.

„Ja", sagte Tanner. „Und es ist eine lange Geschichte. Oder besser gesagt, es ist eine kurze Geschichte, aber ich weiß nicht, wie ich sie erzählen soll."

Eva sah mich an und fragte: „Ist sie tot?"

„Ich glaube nicht", sagte ich, obwohl ich zu diesem Zeitpunkt wirklich keine Ahnung hatte. Ich konnte jedoch verstehen, warum die Leute annahmen, ich sei die Expertin auf diesem Gebiet. Aber es war ja nicht so, dass ich sehen konnte, wie jemandes Seele im Moment des Todes aus seinem Körper sprang.

... Oder vielleicht doch. Oh, *Höllenhund*, ich hoffte wirklich, dass das nicht eine meiner unentdeckten Kräfte war.

Donovan trat näher an Eva heran, die fast einen halben

Kopf kleiner war als er, legte einen Arm um sie und zog sie tröstend an seine Seite. Sie wehrte sich nicht, sondern umarmte sich weiter, während sie zusahen.

„Wir haben den Tumult gehört", sagte Donovan und nickte in die Richtung, aus der sie gekommen waren, „und jemand hat gerufen, dass eine Leiche im Brunnen liegt."

In diesem Moment wurde mir klar, dass er von Franco's Pizza gekommen sein musste, wo er arbeitete. Es war nur einen Block die Straße hinunter. Was machte Eva dort? Hatte sie sich nur einen Drink genehmigt? Flirtete sie mit dem sexy Barkeeper?

Das geht dich nichts an, Nora! Und es ist für alle das Beste, wenn er sich anderweitig orientiert, oder?

Ich wandte meine Aufmerksamkeit wieder Zoe und dem Sheriff zu, und einen Moment später hätte ich schwören können, dass ich Zoes nackten Fuß zucken sah. Dann noch eine Sekunde, und die Bewegung war unverkennbar, als ihre Beine strampelten und lautes Husten über die stille Menge hinweg hallte.

Sheriff Blooms Flügel senkten sich etwas, als sie sich umdrehte und rief: „Tanner! Nora!" Sie bedeutete uns, näherzukommen, also taten wir es natürlich. Es ist keine gute Idee, die Befehle eines Sheriffs zu ignorieren, ganz zu schweigen von einem, der gleichzeitig ein Engel ist.

Außerdem war ich, nachdem ich beim Lunasa-Festival einen Blick auf ihre rachsüchtigen Neigungen erhascht hatte, nicht nur ein bisschen in sie verknallt, sondern hatte auch ziemliche Angst, ihr auf die Füße zu treten.

Zoe erholte sich noch immer, spuckte Brunnenwasser und sah sich benommen um, als wir an Blooms Seite ankamen.

„Was ist passiert?", fragte uns der Sheriff.

Ich sprach zuerst. „Wir sind gerade hier vorbeigekommen und haben sie mit dem Gesicht nach unten im Brunnen treiben sehen. Er ist übergelaufen. Und dann weiß ich nicht ...“

Tanner unterbrach mich geschickt, bevor ich zu sehr ins Detail ging, was den Zusammenbruch angeht. „Ich bin ihr hinterhergesprungen und habe sie rausgezogen, aber ich konnte nicht sagen, ob sie noch atmet. Ich habe versucht, ihr Herz auf magische Weise wieder in Gang zu bringen, und als das nicht funktionierte, habe ich mit der Wiederbelebung begonnen. Nach ein paar Minuten war ich ziemlich sicher, dass sie tot war, dann bist du aufgetaucht.“

Ein paar Minuten? War ich so lange bewusstlos gewesen? Wie bei Träumen ließ sich die Zeit bei Visionen vielleicht auch schwer messen – wenn es das war, was ich erlebt hatte. Und es schien wahrscheinlich, dass es so war.

„Und geht’s dir gut, Nora?“, fragte Bloom. „Ich habe gesehen, wie du zusammengebrochen bist.“

Ich nickte schnell. „Bin nur ausgerutscht.“

Sie legte den Kopf schief und presste die Lippen zu einer dünnen Linie zusammen. Sie machte sich nicht die Mühe, ihre Skepsis zu verbergen.

Zugegeben, es war keine sehr gute Lüge, geschweige denn eine, die einen wandelnden Lügendetektor wie sie täuschen konnte.

Aber sie ließ es auf sich beruhen, als Zoe erneut zu sprechen versuchte.

Bloom bestand darauf, dass die Hexe es einen Moment ruhig angehen ließ, bis sie sich orientiert hatte, woraufhin Zoe fragte: „Was ist passiert?“

„Du erinnerst dich nicht?“, fragte Sheriff Bloom.

„Nein.“

„Was ist das Letzte, woran du dich erinnerst?“

„Ich war im Tierheim, und mir ist aufgefallen, dass wir nicht mehr viele Eukalyptusblätter haben.“

Bloom nickte. „Okay, also bist du vielleicht losgegangen, um mehr zu holen und … irgendwie im Brunnen gelandet?“

Zoe nickte gehorsam, hielt dann inne und schüttelte den Kopf. „Nein. Weil Oliver vorbeikommen wollte, um an unseren Lektionen zu arbeiten, also habe ich ihn gefragt, ob er welche mitbringen könnte.“

„Und wie spät war das?“

„Vor einer Stunde, glaube ich. Vielleicht halb eins?“

Ich begegnete Tanners Blick für einen Moment, und wir wussten beide, dass das nicht gut war.

Es war Viertel nach vier.

„Erinnerst du dich an sonst noch irgendwas zwischen da und jetzt?“, fragte Bloom.

Zoe rümpfte die Nase und hustete, und als sie wieder sprechen konnte, sagte sie: „Vielleicht, aber es ist alles irgendwie verschwommen.“

„Sheriff Bloom?“

Wir vier wandten uns Donovan zu, der als Erster gesprochen hatte. Seine Hose war bis knapp über die Knie durchnässt und einer seiner Arme tropfnass, als er einen Gegenstand vor sich hielt.

„Mein Zauberstab!“, sagte Zoe erleichtert. Sie griff danach, begann aber wieder Wasser auszuhusten, bevor sie ihn ihm abnehmen konnte.

Donovan wandte sich dem Sheriff zu. „Ich weiß nicht genau, ob das hilft oder nicht, aber ich habe den hier gerade im Hauptabfluss des Brunnens gefunden. Er steckte da fast. Die Magie darin ist wahrscheinlich der Grund dafür, dass der Brunnen verstopft und übergelaufen ist.“

Bloom runzelte die Stirn. „Zoes Zauberstab? Hm. Das ergibt keinen Sinn.“

Donovan richtete seine durchdringenden blauen Augen auf

mich. „Sieht so aus, als hätten wir einen weiteren Fall für den widerwilligsten Detektiv der Stadt."

„Ich denke, Sheriff Bloom kommt gut damit klar", sagte ich. „Ich bin mit all dem fertig."

„Richtig." Sein Grinsen hätte nicht gezwungener aussehen können. „Wie ich schon sagte, ,widerwillig'."

„Nein", korrigierte ich. „Denn das impliziert, dass ich trotzdem ermitteln werde. Ich habe das aufgegeben. Ernsthaft."

Donovan lachte, beugte sich vor und gab Zoe ihren Zauberstab. „*Natürlich* hast du das. Und ich habe es aufgegeben, meinen Zauberstab zum Geschirrspülen zu verwenden." Er verdrehte die Augen.

Und wieder einmal hatte Donovan den perfekten Weg gefunden, mir unter die Haut zu gehen und dort zu bleiben. Ich war jetzt entschlossener denn je, mich nicht in diesen Fall verwickeln zu lassen.

Egal, wie sehr ich es wollte.

Tanner brachte den heißen Tee auf einem Tablett nach oben und stellte ihn neben mich in die Mitte seines Betts.

Ja, wir waren endlich nach oben in sein Schlafzimmer gegangen. Es war ganz offensichtlich nicht nur das Schlafzimmer einer Westwindhexe, sondern auch eines Junggesellen. Getragene Kleidung lag über der Sessellehne, und als wir hochkamen, waren die Bettlaken darüber geworfen, als wäre er an diesem Morgen aus dem Bett gesprungen und hätte sich nicht umgedreht. Um ein Fenster mit Blick auf die Straße herum standen ein halbes Dutzend Regale mit überquellenden Topfkräutern und Ranken. Der ganze Raum roch erdig und beruhigend, und ich war froh, dass der Westwind in ihm auf diese Weise über den Junggesellen gesiegt hatte. Kräuter: gut. Verschwitzte Socken: nein, danke.

Obwohl ich mich nach einer scheinbar unnötig langen Zeit endlich unter der Decke in seinem Bett wiederfand, war die Situation nicht so, wie ich es erwartet hätte, wenn er mich zum ersten Mal nach oben einlud. Irgendwie hatte es uns die Stimmung verdorben, eine unserer Freundinnen mit dem Gesicht nach unten in einem Brunnen treiben zu sehen. Und der Anblick hatte meine Nerven blankgelegt, und meine Hände hatten gezittert, was Tanner nicht entgangen war, als er auf dem Weg zurück zu seinem Haus eine ergriffen hatte.

„Grim und Monster machen es sich auf dem Sofa gemütlich", sagte er. „Ich glaube, sie hat endlich den besten Platz gefunden, um sich in seinem Fell zu verkriechen."

Er setzte sich auf die Steppdecke auf der anderen Seite des Betts – seine übliche Seite, der zerwühlten Decke und den Laken und dem eher bewohnten Zustand des Nachttischs nach zu urteilen – und goss jedem von uns eine Tasse aus der kleinen Kanne ein.

„Es ist wahrscheinlich besser, wenn wir nicht erwähnen, dass du das gesehen hast", sagte ich. Grim tat so, als würde er Tanners Vertraute, eine winzige, aber wilde (und manchmal rachsüchtige) Munchkin-Katze, nur tolerieren, aber ich wusste, dass ihre Freundschaft stärker war, als der Hund zugab.

„Einverstanden", sagte Tanner.

Ich rückte die Steppdecke zurecht und zog sie höher, während ich mich an das Kopfteil lehnte, und wir saßen einen Moment lang schweigend da, während ich auf meinen heißen Tee pustete. Er roch süß und würzig, genau das, was ich brauchte: etwas Verwöhnendes, nicht stark und bitter wie die Sorte, die Ruby bevorzugte.

„Du hast mich wirklich beunruhigt", sagte er, und als ich

ihn ansah, war sein Blick auf die Oberfläche des Tees in seiner Tasse gerichtet, die er mit beiden Händen umklammerte. „Was ist passiert?"

Ich zuckte die Achseln. „Bin mir nicht ganz sicher. Ich glaube, ich hatte eine Vision."

Dann sah er mich an. „Eine Vision? Ist das etwas, das Hexen des Fünften Windes können?"

„Scheinbar."

„Hast du dein Amulett getragen?"

Ich packte die Kette um meinen Hals und hob sie ein wenig, um sie ihm zu zeigen.

„Und trotzdem hast du die Kontrolle verloren?"

Ich seufzte. „Ja. Wäre wahrscheinlich noch intensiver gewesen, wenn ich es nicht getragen hätte."

„Worum ging es in der Vision?"

Ich versuchte, mich daran zu erinnern, aber die Erinnerung war verschwommen. „Ein Mann ... ich glaube, er ist ertrunken."

„In Eastwind?"

Ich schüttelte den Kopf. „Nein. Es war in einem Meer. Sie haben Spanisch gesprochen."

„Moment, ist das nicht wie Queso?"

Ich verkniff mir ein Lächeln. „Ja, Queso ist das spanische Wort für Käse." Während sich im Laufe der Jahre Elemente der Kultur meiner alten Welt in Eastwind eingeschlichen hatten — nehmen Sie zum Beispiel Franco's Pizza —, war das bei der spanischen Sprache nicht der Fall. „Darum glaube ich nicht, dass es in Eastwind war. Ich kann kein Spanisch, aber ich habe es oft genug gesprochen gehört, um es zu erkennen, wenn ich es höre."

„Was hat dich die Vision sehen lassen?"

„Ich habe keine Ahnung. Es hatte mit Wasser zu tun, also war es vielleicht der Anblick von Zoe, der es getriggert hat."

Er nippte an seinem Tee und fragte dann: „Glaubst du, es war ein Geist, der versucht hat, dich zu kontaktieren? Hast du gechannelt?"

Ich zögerte. „Vielleicht. Es fühlte sich so an ... aber dann auch wieder nicht. Channeln fühlt sich schwer an, als würde ich den Geist mit meinem Körper hochhalten. Das hier hat sich anders angefühlt. Ich – ich verstehe es nicht. Wahrscheinlich hätte ich direkt zu Ruby gehen sollen."

„Ich bin froh, dass du das nicht getan hast", fügte er schnell hinzu. „Ich habe das Gefühl, dass wir wegen der Arbeit und deines Studiums nie Zeit miteinander verbringen."

„Ja", ich sah auf die anthrazitgraue Steppdecke hinunter und strich geistesabwesend mit der Hand darüber. „Es tut mir leid."

„Brauchst du mehr Platz?", fragte er.

„Was?" Machte er mit mir Schluss? Dachte er, ich wollte Schluss machen?

„Auf dem Bett", sagte er. „Ich kann das Tablett aus dem Weg räumen, falls du dich hinlegen willst oder ... was auch immer."

„Oh, ähm, ja, sicher."

Er stellte das Tablett auf den Boden, und ich rückte ein wenig weiter in die Mitte. Er tat es auch, nachdem er seinen Tee ausgetrunken und die Tasse auf seinen vollen Nachttisch gestellt hatte.

„Weißt du, es gibt da ein Thema, das wir nie wirklich miteinander angesprochen haben", begann er, „und ich habe das Gefühl, dass wir es vielleicht beide absichtlich vermieden haben."

Egal, wie sehr man sich in eine Beziehung stürzt, wenn man einen solchen Satz von seinem Partner hört, bleibt einem für den Bruchteil einer Sekunde das Herz stehen, und eine Welle der Angst durchfährt einen. Ich ging im Kopf alle Dinge durch, die er meinen könnte, angefangen mit Liebe, Ehe, Kindern, Zusammenziehen ...

Aber dann zog ich im Geiste die Reißleine und stoppte den freien Fall mit einer einfachen, erwachsenen Frage: „Und das wäre?"

„Unsere Eltern."

Ich verkniff mir erleichtert das Lachen, da das Thema unserer ermordeten Eltern kaum zum Lachen war. „Was meinst du?"

„Nora, wir leben in einer Kleinstadt. Ich bin sicher, du hast von meinen gehört. Sie sind nicht einfach gestorben, sie waren – nun, du hast mich nicht einmal danach gefragt. Und deine. Du hast mir nichts über sie erzählt. Und glaub mir, ich weiß, warum du nicht darüber redest. Wahrscheinlich ist es der gleiche Grund wie bei mir. Aber, ich weiß nicht, es scheint was zu sein, das wir offen ansprechen sollten, jetzt, wo wir zusammen sind. Und wir sind wahrscheinlich die einzigen beiden, die einander verstehen würden."

„Warum denkst du, dass ich nicht darüber reden will?"

„Weil du nicht darüber redest." Er zog mich näher an sich. „Du hast hier einen Neuanfang. Wenn die Leute dich ansehen, sehen sie nur die Nora, die sie vor einem halben Jahr kennengelernt haben, als du in die Stadt gekommen bist. Alles davor ist eine große Leere. In den Köpfen aller hast du nicht existiert, bis du hier aufgetaucht bist. Natürlich stimmt das nicht, aber so läuft es in Eastwind. Sie sehen nur die reife Nora, die ihr Leben im Griff hat. Und so warst du für die Leute schon immer. In dieser Hinsicht hast du Glück."

Ich dachte, ich wüsste, worauf er hinauswollte, aber ich wollte es in seinen Worten hören. „Und du hast dieses Glück nicht?"

„Egal, was ich tue, egal, wie viele Dinge ich in meinem Leben erreiche", fuhr er fort, „es ist immer von der Tatsache geprägt, dass meine Eltern ermordet wurden. Ich könnte Bürgermeister von Eastwind werden, und weißt du, was die Schlagzeile in der *Eastwind Watch* wäre? *Von der Tragödie ins Amt: der Aufstieg von Tanner Culpepper.*" Ich kicherte und er auch. „Verstehst du, was ich meine?"

„Natürlich."

„Ja, ich habe was Schlimmes erlebt, als ich jung war, aber ich will nicht, dass das meine Identität ist. Ich will einfach Tanner sein. Ich will keine Extralorbeeren für alles, was ich mache, nur weil mein Leben eine Weile lang schwer war. Ich will nicht das Musterbeispiel der Stadt für Widerstandsfähigkeit sein." Er hielt inne. „Und doch sehe ich das so oft, dass ich manchmal so über mich selbst denke – Opfer, Waisenkind, Benachteiligter. Und ich hasse das.

Will ich herausfinden, was mit meinen Eltern passiert ist? Natürlich. Gibt es Nächte, in denen ich nur daran denken kann, auf einer Mission durch diese Stadt zu rennen, bis ich Antworten bekomme, und Gaia stehe jedem bei, der mir im Weg steht? Natürlich. Aber ich will nicht, dass ich so bin. Ich will kein Opfer sein. Ergibt das irgendeinen Sinn?"

„Natürlich tut es das." Ich stellte meinen Tee auf den saubereren Nachttisch neben mir und zupfte an der Decke, bis er verstand, was ich meinte, und neben mir unter die Decke kroch. Er hob den Arm, und ich rückte näher und legte den Kopf an seine Brust. „Ich will auch Antworten", sagte ich. „Ich weiß aber nicht, ob ich sie jemals bekommen werde, jetzt, wo ich hier bin. Und ja, ich denke, das ist eher ein Segen als ein Fluch. Wenn ich wirklich Glück habe, werde ich die Hoffnung darauf bald aufgeben."

„Es ist nicht fair", sagte er. „Nicht nur, dass Menschen per Definition keine Wahl haben, ein Opfer zu werden; wir scheinen den Stempel in den Augen anderer nicht loswerden zu können, wenn er uns erst einmal aufgedrückt worden ist."

Ich nickte. „Wir sind Opfer, wenn wir als Opfer gesehen werden."

„Und es beginnt sich festzusetzen."

„Ich weiß."

Sein Arm legte sich fester um meine Schultern. „Ich hasse Selbstmitleid."

„Ich auch."

„Und trotzdem suhle ich mich darin." Er lachte. „Die Ironie ist mir nicht entgangen."

„Ich denke, es ist in Ordnung, Tanner. Manchmal kann man es zulassen, wenn man allein ist oder mit jemandem zusammen, den man liebt." Mir wurde sofort klar, was ich gesagt hatte, und ich überlegte verzweifelt, wie ich mich wieder fangen konnte, aber bevor ich dazu kam, sagte er: „Ich schätze, du hast recht." Dann küsste er mich auf den Kopf. Wo genau standen wir nun beim L-Wort?

„Alles in allem", fuhr er fort. „Sehe ich dich nicht als Opfer. Ich sehe dich nur als eine erstaunliche Frau, mit der ich nicht mithalten könnte, selbst wenn mein Leben davon abhinge."

„Ich hoffe, es kommt nicht dazu", sagte ich.

Er lachte, und ich spürte, wie sich die Muskeln in seiner Brust entspannten. „Mir geht's genauso."

„Ich sehe dich auch nicht als Opfer, Tanner. Für mich bist du nur ein Mann, der so aufmerksam und fürsorglich ist, dass es mich ein bisschen paranoid macht, dass du ein dunkles Geheimnis verbergen könntest."

„Ja", sagte er. „Das höre ich oft von Frauen."

Ich schlug ihm spielerisch auf den Bauch. „Ach ja? Von all deinen anderen Freundinnen?"

Er lachte. „Es gibt noch andere Frauen in dieser Stadt? Das ist mir gar nicht aufgefallen. Soweit ich weiß, sind sie alle an dem Tag verschwunden, als du aus den Deadwoods gestolpert bist, mit Dreck verschmiert und mit Blättern und einem Zweig im Haar. Du warst das Schönste, was ich je gesehen habe."

Ich reckte den Hals, um zu ihm aufzublicken. „Gute Antwort."

Er starrte auf mich herab, ein sanftes Lächeln lag auf seinen Lippen und bildete dünne Fältchen in den Winkeln seiner haselnussbraunen Augen. „Ich weiß. An diesem Spruch habe ich schon eine Weile gefeilt. Ich bin froh, dass ich endlich die Gelegenheit hatte, ihn zu benutzen."

Und in den folgenden Minuten, während wir uns küssten, und in den Minuten danach, als er mich hielt, bis ich eingeschlafen war, war Tanner Culpepper der einzige Mann in Eastwind.

Kapitel Fünf

James Bouquets Ausgabe der *Eastwind Watch* verhöhnte mich von der anderen Seite des Raums, als ich einen Tisch abräumte, an dem zwei jugendliche Werwölfe gerade eine Stunde lang Milchshakes getrunken, gefüßelt und eine unglaubliche Sauerei angerichtet hatten, während sie versuchten, sich gegenseitig mit Trinkhalmen voll Milchshake zu füttern.

Die Schlagzeile heute war keine Überraschung: *Wer hat Zoe Clementine angegriffen?*

Aber egal, was passierte, ich würde mich nicht da reinziehen lassen. Ich war fertig.

Das Medium war *raus*. Ich war aus dem Job raus, wenn man es so nennen konnte; ich würde es nicht tun, da ich dabei anscheinend immer nur Geld verlor.

Ich hatte jetzt nur noch drei Prioritäten. Erstens, das *Medium Rare* zu betreiben. Die Leute dort waren auf mich angewiesen – Mitarbeiter und Gäste gleichermaßen. Dicht dahinter kam die Zeit, die ich mit Tanner verbrachte. Das Gespräch, das wir am Abend zuvor geführt hatten, und der ruhige, entspannte Morgen, nachdem ich aufgewacht war, immer noch in seinen Armen, waren eine Nähe, von der ich nicht gewusst hatte, dass ich sie vermisste. Aber jetzt wusste ich es, und ich brauchte mehr davon, bitte.

Und meine dritte Priorität war natürlich zu lernen, meine Kräfte in den Griff zu bekommen, damit ich nicht versehentlich jemanden tötete, der mich dann zweifellos auf unbestimmte Zeit heimsuchen würde. Es wäre auch ein zusätzlicher Bonus, wenn ich verhindern konnte, getötet zu werden, was mir während meines kurzen Aufenthalts in Eastwind schon ein paarmal fast passiert war.

Obwohl die Tatsache, dass es in dieser Stadt keine Autos gab, wenn ich so darüber nachdachte, wahrscheinlich darauf hindeutete, dass sie statistisch gesehen viel sicherer war als Austin. Immerhin war ich fast täglich im Verkehr ums Leben gekommen, als ich in meinem Restaurant in der Innenstadt gearbeitet hatte. Wer hätte gedacht, dass meine Todesmaschine auf Rädern (und ein riesiger Baum) mich in einem kleinen Kaff auf dem Land und nicht in einer Großstadt erledigen würde?

„Nora, Liebes!", rief Hyacinth mit ihrer Singvogelstimme, hielt ihre Kaffeetasse hoch und wedelte damit.

Das war das internationale Zeichen für *Nachfüllen bitte*, aber ich wusste, dass das nicht das war, was Hyacinth am meisten wollte. Ich hatte es gut geschafft, ihr entweder aus dem Weg zu gehen oder sie abzuschneiden, bevor sie anfangen konnte, aber das war definitiv eine Falle. Im Sinne eines guten Kundenservice musste ich jedoch direkt hineinlaufen.

Ich brachte die Kaffeekanne zu ihr und wappnete mich. Sie enttäuschte mich nicht.

„Ich habe gehört, du und Tanner habt Zoes Leiche gefunden."

Ich zuckte zusammen. „Ich glaube nicht, dass man es in diesem Zusammenhang eine ‚Leiche‘ nennen kann, es sei denn, sie wäre gestorben, was nicht der Fall ist.“

„Oh, na ja, du weißt, was ich meine. Soweit wir wissen, könnte sie tot gewesen sein, bevor Sheriff Bloom ihr wieder Leben eingehaucht hat.“

„Moment, Gabby Bloom kann das?“

Sie zuckte die Achseln und lächelte, was mich glauben ließ, dass das nur ein Gerücht über Engel war, das Hyacinth aus irgendeinem Grund gern verbreitete.

„In der Zeitung steht, dass sie ihren Zauberstab gefunden haben, der den Brunnen verstopft hat.“ Das sagte James, und er schüttelte die Zeitung und senkte sie gerade weit genug, um mich über den Rand anzusehen. Die Bedeutung seiner Worte war nicht schwer zu erkennen.

„Ich glaube nicht, dass sie sich das selbst angetan hat“, sagte ich leise, aber bestimmt. „Kann man sich überhaupt ertränken, ohne sich Steine in die Taschen zu stecken oder die Knöchel an einen Betonblock zu binden? Ich meine, setzt dann nicht der Überlebensinstinkt ein?“

Hyacinths dünne Elfenbrauen hoben sich bis zu ihrem Haaransatz, als sie mich mit weit aufgerissenen Augen anstarrte. „Meine Güte, da ist heute Morgen aber jemand morbide.“

Ich goss ihr Kaffee ein. „Dein Mann hat damit angefangen.“

Sie wedelte mit der Hand in seine Richtung. „Na ja, James ist immer so. Das gehört wohl zu dieser ganzen Werwolf-Sache.“

„Kreaturistin ...“, schnaubte James, und Hyacinth verdrehte die Augen.

„Versprich mir eins, Nora“, sagte Hyacinth. „Wenn du raus-findest, wer es war, erzählst du es mir aus erster Hand. Ich bin es so leid, es aus vierter Hand von Janet Timberhelm zu hören oder noch schlimmer – in der *Eastwind Watch* zu lesen. Die bringen nie die Fakten auf den Punkt." Sie beugte sich vor und flüsterte lauter, als ich es für möglich gehalten hätte: „Weißt du, die *Watch* hat berichtet, dass du und Donovan Stringfellow erst vor ein paar Wochen gesehen wurdet, wie ihr Hand in Hand aus dem Sheehan's weggerannt seid." Sie presste die Lippen zusammen und schüttelte den Kopf. „Ich weiß, dass du nie Hand in Hand mit einem anderen Mann gehen würdest, während du mit Tanner zusammen bist, geschweige denn Hand in Hand mit seinem besten Freund." Sie tätschelte mir sanft den Arm. „Nicht wahr?"

„Natürlich nicht, Hyacinth. Und du hast recht. Es klingt, als würde die *Watch* nur einen Teil der Geschichte berichten und die Fakten nicht auf den Punkt bringen."

„Also, wirst du es mir erzählen, wenn du herausgefunden hast, wer versucht hat, Zoe zu ermorden? Du wirst mir den Knüller verraten?"

Ich seufzte. „Das würde ich, aber ich werde den Fall nicht lösen. Ich bin es leid, meine Nase in die Probleme anderer Leute zu stecken. Außerdem sieht es nicht einmal so aus, als wäre das eine Angelegenheit des Fünften Windes. Jeder könnte sich damit befassen. Tatsächlich haben wir deshalb ein Sheriff's Department, damit wir normalen Bürger uns nicht um solche Dinge kümmern müssen."

Ich war mir nicht sicher, wen ich mehr überzeugen wollte, mich oder Hyacinth.

„Du willst mir sagen", begann sie und blinzelte schnell, ihre Stirn gerunzelt, als hätte ich ihr gerade gesagt, dass der Kaffee im Diner aus Einhornblut gemacht wurde, „du wirst nicht helfen, wenn diese Stadt dich am meisten braucht?"

Wow. Das war wirklich dick aufgetragen. Ich versuchte, es nicht persönlich zu nehmen. „Ja, das sage ich dir. Ich bin damit fertig."

Ihr Mund blieb offen stehen, und sie schlug auf die Zeitung ihres Mannes, um seine Aufmerksamkeit zu erregen. „Hörst du das, James? Nora sagt, sie ist –"

„Ich habe es gehört", sagte James. „Ich sitze genau hier."

„Na ja, du hast nichts dazu gesagt."

„Weil es mich nichts angeht."

Hyacinth stieß ein verärgertes Glucksen aus und verdrehte ihre Augen so heftig, dass ihr Kopf mitging. „Oh, bitte tu nicht so, als würden dich anderer Leute Angelegenheiten nicht interessieren, James. Das ist alles, was die *Watch* zu bieten hat! Anderer Leute Angelegenheiten! Und du nimmst deine Nase nicht eine Sekunde aus diesem Ding."

Ich warf ein: „Ich glaube, die Flannerys brauchen ihre Rechnung. Ich bin gleich zurück." Dann huschte ich davon.

Die Flannerys waren noch nicht einmal annähernd so weit. Anton war hinten noch damit beschäftigt, ihre Mahlzeiten zuzubereiten. Aber ich wusste, Hyacinth würde zu sehr damit beschäftigt sein, ihren Mann zurechtzuweisen, um es zu bemerken. „Kann ich dir noch einen Kaffee nachschenken, Ginger?"

Ginger Flannery lächelte. „Gern. Und wenn ich dich schonmal hier habe, Nora, ich habe mich gefragt ... Also, Kensington und ich haben gerade darüber diskutiert, wer unserer Meinung nach versucht hat, Zoe zu ertränken, und ich dachte, du hättest vielleicht Insiderwissen?" Sie war viel höflicher als Hyacinth, also versuchte ich, genauso zu antworten.

Zugegeben hatte ich dabei wenig Erfolg. „Ich war es nicht, also kann ich dir nicht sagen, wer es war. Ich wette, Zoe würde es auch gern wissen. Und Manchester. Und Bloom. Wenn ich es also wüsste, würde ich es ihnen wahrscheinlich sagen, und die Person wäre schon verhaftet."

Ginger lehnte sich auf ihrem Stuhl von mir weg, und ich merkte, dass ich sie angeblafft hatte. „Entschuldige, das tut mir leid", sagte ich, „du hast eine völlig vernünftige Frage gestellt. Ich habe die ganze Woche nicht besonders gut geschlafen, und es ist so, dass ich gerade mit Hyacinth geplaudert habe und ..."

„Sag nichts mehr", erwiderte Kensington und nickte geduldig. „Wir haben alle schonmal jemanden angefahren, nachdem wir mit Hyacinth gesprochen haben."

Ginger nickte zustimmend. „Aber mit dem Schlafen ... geht's dir gut? Oder hattet du und Tanner ... eine anstrengende Woche?" Sie zwinkerte mir zu.

Nicht zum ersten Mal an diesem Tag dachte ich an all die verpassten Gelegenheiten der vergangenen Nacht, aus dem Reden und Kuscheln mehr zu machen. Dabei war ich damit vollkommen zufrieden gewesen, wie es war, und hatte es nicht weiterführen wollen, aber jetzt? Ja, ich ärgerte mich ein bisschen. „Das wünschte ich wirklich. Nein, ich hatte nur diese verrückten Träume."

„Alpträume?", fragte Ginger. „Nie ein gutes Zeichen, wenn eine Hexe des Fünften Windes Alpträume hat."

„Kein Witz", fügte Kensington hinzu. „Könnte bedeuten, dass es für Ginger und mich an der Zeit ist, den Urlaub in Avalon zu machen, von dem wir schon ewig reden. Die Stadt verlassen, bis deine Alpträume verschwinden."

Ich kicherte. „Nein, keine Alpträume. Nur lebhafte Träume."

„Ich wette, Ruby hat was dagegen", sagte Ginger. „Nekromantie und Träume gehen Hand in Hand. Tatsächlich" – sie kniff die Augen zusammen und tippte mit dem Finger auf ihre Lippen – „erinnere ich mich, dass Ferris Descartes eine Zeit lang schlimme Alpträume hatte, und ich glaube, Ruby war diejenige, die den Trank für ihn gebraut hat, der ihn geheilt hat."

„Wirklich?", sagte ich. „Ruby hat geholfen? Einfach so?"

„Oh, ich nehme an, sie hat ihm dafür eine Rechnung gestellt. Sie war keine Philanthropin wie du, Nora."

So sahen die Leute mich? Als Philanthropin? Es hätte mich eigentlich nicht stören sollen, aber es brachte mich in dieselbe Kategorie wie Graf Sebastian Malavic, den beliebtesten Philanthropen der Stadt und den bei mir am wenigsten beliebten Vampir (zugegeben, der einzige Vampir, mit dem ich bisher persönlich gesprochen hatte, aber trotzdem). Obwohl es verständlich war, dass ich kaum eine Chance hatte, mit meinen Fähigkeiten Geld zu verdienen, wenn die Leute annahmen, ich hätte eine philanthropische Ader – und warum sollten sie das nicht glauben, nachdem ich noch nie Geld für meine Hilfe mit den Geistern verlangt hatte. Ich musste diesen Eindruck bewusst korrigieren, wenn ich nicht jedes Mal Geld verlieren wollte, wenn ich jemandem bei einem kleinen Geisterproblem half.

Oder. Moment. Nein, ich musste diesen Eindruck *nicht* ändern, weil ich mit all dem fertig war. Um Himmels willen, wenn mir das nicht einmal in meinem Kopf klar war, wie sollte ich dann erwarten, dass es jemand anderes glaubte?

Der Rest der Schicht war das gleiche Lied, nur eine andere Strophe, und alle gingen davon aus, dass ich aktiv daran arbeitete und kurz davor stand, den Fall zu lösen, wenn ich nicht schon wusste, wer versucht hatte, Zoe Clementine zu ertränken. Es war, als hätten sie vergessen, dass Eastwind seine eigene Strafverfolgungsbehörde hatte. Und so nervig es auch war, mich selbst jedem neuen Gast gegenüber dieselben Sätze immer wieder wiederholen zu hören, schätzte ich die Gelegenheit, die Nachricht zu verbreiten, dass ich keine Philanthropin des Fünften Windes mehr war.

Aber niemand kaufte es mir ab, und als ich am Nachmittag mit meinen Nebenarbeiten fertig war, wusste ich, dass ich nur eines tun konnte, damit mich alle deswegen in Ruhe ließen.

Ich ging in das Büro des Managers, schrieb eine Nachricht mit dem Inhalt „Drinks in einer Stunde im Sheehan's?" und schickte sie an Zoe Clementine.

Zu Ihrer Information, ich mischte mich *absolut* nicht ein. Nein. Definitiv nicht. Nicht einmal ein bisschen.

Kapitel Sechs

Fühlte ich mich schlecht, dass Zoe ihre Nachmittagspläne so kurzfristig abgesagt hatte, um mich im Sheehan's zu treffen? Ein bisschen. Aber ich wusste, dass sie es tun würde, und ich hatte das Gefühl, dass ich, wenn ich ihr nur ein paar Fragen stellte, die Informationen vielleicht an Stu Manchester oder Gabby Bloom weitergeben und die Sache hinter mich bringen könnte. Ich würde mir die Hände in Unschuld waschen. Ich würde mich aus der Situation verabschieden und mich wieder meinen drei Prioritäten widmen.

Okay, ja, ich mischte mich ein bisschen in den Fall ein, aber nur, um später nicht noch mehr involviert zu sein. Das war legitim.

Zoe saß bereits an der Bar und plauderte mit Fiona Sheehan, als ich ankam. Die Ostwind-Hexe trug eine knielange, hellgrüne Tunika mit einer sonnengelben Strumpfhose. Damit hatte sie doch sicher nicht im Tierheim gearbeitet, oder? Aber das würde bedeuten, dass sie sich, nachdem sie meine Eule bekommen hatte, die Zeit genommen hatte, sich sauberzumachen, sich umzuziehen, und trotzdem vor mir hier angekommen war. Ich nahm an, dass das möglich war, aber sie hätte sofort alles stehen und liegen lassen müssen, um das zu schaffen. Und trotzdem sah sie nicht gerade zusammengewürfelt aus. Wie schaffte sie es, immer so gut auszusehen?

Magie. Das war die einzige Möglichkeit. Ich trug unterdessen das, was ich zur Arbeit getragen hatte, nur ohne die schmutzige Schürze: Eine dunkelgraue Caprihose und ein weißes T-Shirt mit U-Boot-Ausschnitt und Dreiviertelärmeln. „Man soll nicht reparieren, was nicht kaputt ist" war das Motto meiner Garderobe. Und während das Herbstwetter Einzug hielt, wartete ich ungeduldig auf die Gelegenheit, meinen Mantel wieder aus dem Schrank zu holen, aber das war auch schon das Einzige, was ich jemals für die Sachen empfand, die ich trug.

„Nora!", rief Zoe, als sie mich entdeckte.

Stella Lytefoot flatterte am Ende der Bar in der Luft herum und kritzelte angestrengt auf ein Blatt Papier, zweifellos, um einen neuen Zaubertrank zu brauen, als Zoe meinen Namen rief und die Elfe aufsah, blinzelte sie, als wäre sie überrascht, im Pub zu sein, und winkte mir kurz zu, bevor sie sich wieder über den Tresen beugte.

„Hi, Zoe." Ich lächelte und setzte mich neben sie, und sie schob mir einen eiskalten Metallkrug zu. „Hier bitte. Ich habe Fiona gefragt, was du normalerweise trinkst, und sie hat mir das hier für dich gegeben. Ich wollte nicht, dass du auf einen Drink warten musst."

Ich sah mich in der leeren Bar um. „Danke. Ich hasse es zu warten." Ich nickte Fiona zu, die zurück nickte und dann ging, um absolut gar nichts zu tun.

„Als deine Eule gekommen ist, habe ich alles fallen lassen. Ich meine, nicht alles. Ich habe gerade ein Rotluchsjunges gehalten, also habe ich es vorsichtig in sein Gehege gesetzt. Aber dann bin ich nach Hause geeilt und habe mich fertig gemacht. Ich nehme an, du wolltest dich treffen, um darüber zu reden, was mir passiert ist." Sie klatschte aufgeregt in die Hände. „Ich höre immer, dass du Leute interviewst, aber ich selbst habe es noch nie erlebt. Jippiehhh! Das wird so lustig."

Whoa. Das war ein bisschen viel, selbst für Zoe. „Ähm, okay, immer langsam. Ich versuche nicht, diejenige zu sein, die in dem Fall ermittelt. Ich versuche nur, den Ball ins Rollen zu bringen, dann kann ich es an den Deputy weitergeben und mit meinem Leben weitermachen."

Ihr ekstatisches Lächeln verschwand. „Oh. Das macht nicht so viel Spaß."

„Vielleicht nicht. Aber ich möchte mich wirklich auf andere Dinge konzentrieren. Eastwind hat das lange Zeit auch ohne mich geschafft. Es kann es wieder ohne mich schaffen. Ich will das Medium Rare einfach so gut wie möglich führen, eine gute Freundin für Tanner sein und lernen, meine Kräfte zu kontrollieren, damit sie weder mich noch sonst jemanden in Schwierigkeiten bringen."

Zoe nickte langsam. „Mh-hm." Sie hielt inne. „Also, ich will dir kein unaufgefordertes Feedback geben, aber wenn du willst, dass die Leute dir glauben, wenn du deine kleine Rede hältst, musst du sie wirklich noch ein paarmal üben." Sie nippte an ihrem Bier, während ich versuchte, mich von dem unerwarteten Schlag zu erholen, den sie mir gerade verpasst hatte.

„Ich – ich meine es ernst."

Sie kicherte. „Okay."

Ich trank einen großen Schluck von meinem Bier, um nichts Gemeines zu sagen, und sie nutzte die Gelegenheit, um hinzuzufügen: „Stell mir ruhig die Fragen, die du hast und die absolut nichts mit deiner Beteiligung an diesem Fall zu tun hatten."

Ich stürzte mein Bier hinunter. Als mir einfiel, dass ich

nicht zu Mittag gegessen hatte und ein ganzes Bier auf leeren Magen zu trinken etwas war, das ich schon vor mindestens fünfzehn Jahren zu vermeiden gelernt haben sollte, hielt ich inne, stellte den Krug ab und bestellte bei Fiona ein paar Würstchen mit Kartoffelbrei, bevor ich meine Aufmerksamkeit wieder Zoe zuwandte.

„Die nächste halbe Stunde kümmere ich mich um den Fall, okay?"

Zoe lächelte triumphierend. „Ja!" Dann faltete sie die Hände im Schoß, setzte sich aufrecht auf den Barhocker und sagte: „Schieß los!"

„Erzähl' mir zunächst alles, woran du dich erinnerst. Was ist an diesem Morgen passiert? Erinnerst du dich daran, wie Oliver das Tierheim verlassen hat? Ist er mit dir durch den Fulcrum Park gegangen?"

„Oh", sagte sie und beugte sich mit leiser Stimme nach vorn. „Nein, du glaubst doch nicht, dass Oliver es getan hat, oder?"

„Was? Nein, natürlich nicht."

Und trotzdem hatte ich gefragt. Mein Instinkt hatte die Oberhand gewonnen, und ich hatte angesichts der Informationen, die ich hatte, mit dem ersten logischen Verdächtigen angefangen und dabei vergessen, dass wir von Oliver sprachen. Oliver war insgeheim von Zoe besessen, zumindest dem Geist nach, von dem er im Unterricht besessen gewesen war. Er würde ihr nicht wehtun.

Aber eine kleine Stimme in mir sagte: *ach, wirklich? Ein Mann hat nie versucht, eine Frau zu ermorden, von der er besessen war?*

Wo du recht hast. Guter Punkt, zynische Stimme.

Also verdächtigte ich Oliver, aber auf eine objektive Art und Weise. Sprach da meine Einsicht?

„Er war es nicht", beharrte Zoe. „Das würde er nie tun."

Ich fragte mich, ob sie so überzeugt war, weil sie wusste, was er für sie empfand, oder weil sie dasselbe für ihn empfand. Beides konnte nicht sein, sonst wären sie zusammen.

„Okay, ich nehme also an, du erinnerst dich daran, dass er gegangen ist?"

„Ja."

Sie zögerte einen Moment, bevor sie es sagte. Sie hielt irgendwas zurück. Aber ich konnte nicht sagen, was es war, und es hatte keinen Sinn, das Thema zu forcieren, also machte ich weiter. Keine Sorge, ich würde noch darauf zurückkommen.

„Du erinnerst dich also daran, wie du das Tierheim verlassen hast?"

„Oh ja."

Dieses Mal war klar, dass sie die Wahrheit sagte.

„Ich hatte ein Meeting", fuhr sie fort. „Ich habe mich nicht gleich daran erinnert, nachdem ich aus dem Brunnen gezogen wurde – ich nehme an, weil ich ein bisschen unter Schock stand –, aber hinterher war es mir ziemlich klar. Ich habe das Tierheim verlassen und ging zu Necro Coffee, um mich wegen einer Spende für das Tierheim zu treffen."

Ich hatte von Necro Coffee gehört, das im wohlhabenden Teil der Stadt lag, aber ich war noch nie dort gewesen. Der Slogan, der auf die Schaufenster gemalt war, lautete „*Kaffee, der so gut ist, dass er die Toten auferstehen lässt*". Ich mochte den Humor aus offensichtlichen Gründen nicht, also bin ich nie reingegangen.

Außerdem waren ihre Getränke viel zu teuer. Diner-Kaffee reichte mir vollkommen, schönen Dank auch.

„Mit wem wolltest du wegen der Spende sprechen?", fragte ich. Aber ich hatte schon eine ziemlich gute Idee. Sie würde natürlich mit einem Philanthropen sprechen. Wahrscheinlich dem größten Philanthropen der Stadt. Mein guter Freund –

„Graf Malavic", sagte sie. Sie sah sich im leeren Pub um, um sicherzugehen, dass niemand mithören konnte.

„Und wie ist es gelaufen?", fragte ich.

Sie schüttelte den Kopf. „Nicht gut. Ich – ich will dir fast nicht sagen, was er mir angeboten hat. Es ist zu schrecklich."

„Klingt genau nach meinem Geschmack. Was hat er dir angeboten?"

Die Leichtigkeit, mit der sie zu erklären begann, machte deutlich, dass sie mir tatsächlich von seinem Angebot erzählen wollte, und sei es nur, um den Horror mit jemand anderem zu teilen. „Er wusste, dass wir in letzter Zeit ein Defizit hatten – ich bin nicht die Beste im Umgang mit Geld und Tanners Großmutter vor ihrem Tod anscheinend auch nicht. Sie hat den Großteil ihrer Ersparnisse verwendet, um den Laden über Wasser zu halten – Geld, auf das ich derzeit keinen Zugriff habe, während die Pergament-Katakomben nach ihrem Testament suchen. Malavic hat seine Hilfe angeboten und die Summe, die er zu spenden bereit war, würde viel bewirken, aber ..." Sie schauderte. „Ich konnte einfach nicht. Was er als Gegenleistung verlangte ... es war schrecklich!"

Sie wollte das Drama wirklich in die Länge ziehen, oder? Also gut. Ich würde mitspielen. „Und was wollte er?"

„Er sagte, er würde mir das Geld geben, wenn ich ihm die Tiere überlasse, wenn sie zu alt werden. Er bot an, sie ... für mich einzuschläfern."

„Heiliger Wandler. Er wollte, dass du ihm deine alten und kranken Tiere gibst, damit er von ihnen trinken kann?"

Sie nickte und vergrub ihr Gesicht in den Händen. „Das wollte er! Das war es, was er wollte!"

„Was hast du ihm gesagt?"

Ihr Kopf schnellte hoch. „Natürlich habe ich Nein gesagt! Wir sind ein Tierheim, keine Metzgerei! Wir nehmen Vertraute auf, wenn ihre Hexen sterben, und wir helfen den kranken

Tieren von Eastwind. Tiere finden uns aus meilenweiter Entfernung, weil sie wissen, dass wir ein Ort sind, an dem sie endlich sicher sind vor den Monstern in den Deadwoods oder davor, wegen ihrer magischen Eigenschaften getötet und zu einem medizinischen Eintopf verarbeitet zu werden. Der Gedanke, dass einer der armen Lieblinge seine letzten Momente in den Fängen von Graf Malavic verbringt, ist einfach zu viel. Es ist zu schrecklich! Sie verdienen einen friedlichen Tod."

Als sie fertig war, war sie den Tränen nahe, also beschloss ich, weiterzumachen.

„War er wütend, als du ihn abgewiesen hast?"

Sie schniefte und tupfte sich mit einer Serviette die Nase ab. „Wer kann das bei ihm schon sagen? Er schien irgendwie noch krasser als sonst, aber er ist ein Vampir. Ich behaupte nicht, sie zu verstehen."

Ich war mir auch nicht sicher, wie er wütend aussehen würde. Und ich hoffte, nie in eine Situation zu kommen, in der ich nahe genug war, um zu sehen, wie er irgendwelche äußeren Anzeichen von Wut zeigte. Vampire waren tödlich, wenn sie es wollten, und ich vermutete, dass dies einer der Hauptgründe war, warum er immer wieder als Schatzmeister im Hohen Rat wiedergewählt wurde.

„Was ist dann passiert?", fragte ich. „Hast du abgelehnt und bist dann gegangen?"

„Genau, aber er hat gesagt, er würde mich auf die eine oder andere Weise dazu bringen, meine Meinung zu ändern. Dann bat er mich, an die Tiere zu denken und mich zu fragen, ob ich will, dass sie verhungern. Natürlich will ich das nicht, Nora! Aber ich konnte seinen Bedingungen auch nicht zustimmen. Also entschuldigte ich mich, um zur Toilette zu gehen und mich zu beruhigen, und das ist das Letzte, woran ich mich erinnere, bis ich in Gabby Blooms Gesicht gestarrt habe."

„Die Toilette des Necro Coffee ist das Letzte, woran du dich erinnerst?"

„Nein, nein. Dass ich mich entschuldigt habe, ist das Letzte, woran ich mich erinnere. Ich weiß nicht, ob ich es jemals zur Toilette geschafft habe."

In meinem Kopf formte sich eine Theorie, also beschloss ich, noch ein bisschen weiter nachzuforschen. „Können Vampire ... Leute hypnotisieren?"

Die Frage schien ihre Stimmung aufzuhellen, und sie kicherte. „Nein. Ich meine, ich schätze, sie könnten Hypnose genauso lernen wie jeder andere."

Mist. Danke für nichts, *Twilight* und *True Blood*.

„Ah. Okay. Ich schätze, ich sollte nachlesen, was Vampire können."

„Das muss so ziemlich jeder." Sie zuckte mit den Schultern. „Niemand weiß es wirklich. Sie halten die meisten ihrer Kräfte geheim, und diejenigen, die irgendwas herausfinden, überleben selten, um davon zu erzählen. Obwohl ich nicht sicher bin, woher jemand *das* wissen soll."

„Klingt wie ein Gerücht, das die Vampire verbreiten", sagte ich.

„Wovon ich weiß, dass sie es können", fügte Zoe hinzu, „ist, Leute in Stücke reißen und ihnen den letzten Tropfen Blut aus den Adern saugen. Das ist so ziemlich alles, was ich wissen muss, um mich nicht mit einem anzulegen."

„Dann bin ich beeindruckt, dass du standhaft geblieben bist." Offensichtlich hatte Zoe mehr Mumm, als ich ihr zugetraut hatte.

„Ich hatte keine Wahl. Nicht, wenn es um das Tierheim geht. Aber es ist auch nur Sebastian. Was Vampire angeht, ist er harmlos. Er zieht es vor, seine Macht in Geld auszudrücken."

„Wie du herausgefunden hast", sagte ich. „Es tut mir leid,

dass er diese Nummer mit dir abgezogen hat. Das ist furchtbar. Du wirst das Geld schon woanders finden."

„Das hoffe ich."

Fiona brachte mir mein Essen, und Zoe war so nett, mir einen ruhigen Moment zu gönnen, damit ich mich darauf stürzen konnte.

Was ihr wahrscheinlich nicht klar war, war, dass sie mir damit auch die Gelegenheit gab, mich zu sammeln und mir eine zweite Runde Fragen für sie zu überlegen. Ich hatte fast ein schlechtes Gewissen, weil ich so strategisch vorging.

Fast.

Ich leckte mir das Fett von den Fingern und fragte: „Wusste sonst noch jemand von deinem Treffen mit Malavic?"

„Ich habe es Oliver gegenüber erwähnt."

„Wann war das?"

Sie wich meinem Blick aus und betrachtete stattdessen ihre babyblauen Fingernägel. „Kurz bevor er ... gegangen ist."

Da war es schon wieder. Dieses Zögern.

„Zoe, was verschweigst du mir?"

Sie zögerte, kaute auf ihrer Unterlippe und krächzte dann: „Er hat versucht, mich zu küssen, okay?" Sie sah sich um, um sicherzugehen, dass niemand mitgehört hatte, was natürlich nicht passiert war, denn die Person, die uns am nächsten war, war Stella, und sie war völlig in ihr Gekritzel vertieft.

„Ah." Ich verkniff mir das Grinsen, aber ich war verdammt stolz auf den guten alten Oliver. Aber warte. „Er hat es *versucht*? Guter Golem. Was ist passiert?"

Ihre Brust hob und senkte sich, als sie ihre rubinroten Lippen fest aufeinanderpresste, und einen Moment lang dachte ich, sie würde es mir nicht sagen. Aber das war Zoe. Sie würde mich nicht enttäuschen. Nicht, wenn sie dachte, es könnte uns zu besseren Freundinnen machen. „Ich habe ihm von dem schwangeren Koala erzählt und dass ich glaube, dass sie nächste Woche gebären wird, und ich dachte, er würde zuhören, und dann war es, als ob ihn was besessen hätte, und er hat sich einfach vorgebeugt und mich geküsst."

„Du hast Koalas?" Ich hatte diese kleinen Kerlchen immer geliebt und eines Tages einen in den Armen halten wollen. Dann wurde mir bewusst, dass ich die falsche Frage gestellt hatte, und fügte schnell hinzu: „Ich meine, er hat dich geküsst. Er hat nicht versucht, dich zu küssen, er hat dich geküsst."

„Na ja, schon, aber ich bin zurückgewichen."

Uff. Armer Kerl. „Warum? Ich hätte schwören können, dass du auf ihn stehst. Ich hätte Geld darauf gewettet."

Sie zuckte mit den Schultern. „Ich weiß nicht, warum ich mich zurückgezogen habe. Ich war einfach geschockt. Es war so plötzlich. Ich dachte, ich müsste diejenige sein, die den ersten Schritt macht, und ich war mir nicht sicher, ob er darauf eingehen würde. Er ist immer so ... akademisch. Ich habe ihn mal gefragt, ob er eine Freundin hat, und er fing an, über alte avalonische Balzrituale zu reden, bis mir so langweilig war, dass ich dachte, ich würde in Tränen ausbrechen."

Ich lachte, entspannte mich ein wenig und spülte einen weiteren Bissen Wurst mit einem großen Schluck Bier hinunter. „Aber du magst ihn."

Sie seufzte. „Ja. Und jetzt wird er nie wieder versuchen, diesen Schritt zu machen, und ich werde es tun müssen."

„Was war deine Entschuldigung? Dafür, dass du dich zurückgezogen hast, meine ich."

„Ich habe ihm gesagt, ich hätte ein Kaffeedate mit Graf Mala – oh nein ..."

Ich schnitt eine Grimasse. „Du hast es ein ‚Kaffeedate' genannt?"

„Na ja, ich wollte ihm nicht sagen, dass das Tierheim finanzielle Probleme hat! Also habe ich es so formuliert, als ob ... oh, armer Olli."

Ich verkniff es mir, mich über ihren Kosenamen für ihn lustig zu machen. „Kein Scherz. Armer Olli."

„Was soll ich machen?"

„Rede mit ihm."

Sie wurde blass, ihr Mund fiel auf. „Und was sagen? Nein, nein, nein. Ich bin nicht bereit dazu. Olli ist ein so ernster Typ … Ich müsste mir sicher sein, bevor ich ihm sage, was ich empfinde."

„Du willst damit sagen, dass du dir nicht sicher bist, was du fühlst?"

„Nein, ich bin sicher, ich habe nur …" Sie wischte Krümel von der Theke. „Ich bin nicht sicher, ob ich ihn verdiene." Sie verdrehte die Augen. „Es ist dumm, ich weiß. Ich bin immer so dumm. Und er ist einfach so intelligent."

„Das ist nicht dumm", sagte ich. „Wenn irgendjemand in dieser Stadt genau weiß, was du meinst, dann ich, Zoe."

Sie richtete sich auf, starrte mich einen Moment an und sagte dann: „Das stimmt."

„Ähm. Du solltest mir nicht zustimmen."

Sie schüttelte vage den Kopf. „Warum nicht? Es stimmt. Tanner ist der begehrteste Junggeselle in Eastwind. Oder war es zumindest, bis du ihn dir geschnappt hast." Sie strahlte und legte eine Hand auf meinen Unterarm. „Ihr seid übrigens bezaubernd zusammen. Ich bin mir ziemlich sicher, dass jetzt jede Frau in Eastwind, die gesehen hat, wie du dir Tanner geschnappt hast, Hoffnung hat, dass sie vielleicht Glück hat und auch einen Kerl erwischt, der ein bisschen zu gut für sie ist."

„Whoa, whoa, whoa … ich würde nicht sagen –"

„Ich weiß, dass du mir als Inspiration gedient hast, Nora. Wie auch immer, ich sollte jetzt besser losmachen. Viel Glück bei der Aufklärung des Mordversuchs." Sie stand auf. „Ich habe volles Vertrauen in dich. Wie auch immer, ich sollte jetzt besser ins Tierheim zurück. Es ist fast Essenszeit für die Kleinen, und die Drachen warten nicht gern."

Nachdem sie aus dem Pub geeilt war und ich die unnötige Bemerkung, dass Tanner zu gut für mich sei, überwunden hatte (dabei wurde mir auch klar, dass ich das meiste, was ich über Zoe als Person wusste, neu bewerten musste), dachte ich über die bisherigen Verdächtigen nach. Oliver passte in die Rolle des eifersüchtigen Verehrers, aber wäre er dazu in der Lage, das Objekt seiner Begierde zu ertränken, nur weil sie einen Kuss abgelehnt hatte und mit einem anderen Mann Kaffee trinken ging?

Kein Teil von mir wollte dieser Theorie definitiv zustimmen.

Graf Malavic jedoch war ein viel besserer Verdächtiger. Er hatte ein Motiv, Zoe zu töten, oder zumindest den Ansatz eines Motivs. Er war wütend auf sie, weil sie ihn abgewiesen hatte. Aber würde er am Ende seinen Willen durchsetzen, wenn er sie tötete? Wahrscheinlich nicht. Genau genommen gehörte das Tierheim Tanner, oder würde ihm gehören, sobald die Katakomben es bestätigten. Zoe war einfach die Verwalterin, damit Tanner nicht zwei Geschäfte in verschiedenen Teilen der Stadt führen musste. Wenn Zoe starb, würde Tanner wieder die Leitung des Tierheims übernehmen, und er würde es auf keinen Fall an Malavic übergeben. Insofern würde ein Mord also nicht die von Graf Malavic gewünschten Ergebnisse bringen.

Aber wenn der Vampir nur versucht hatte, Zoe Angst einzujagen ... ja, diese Theorie war wasserdicht. Kein Wortspiel beabsichtigt. Wenn Vampire so tödlich wären, wie Zoe und alle anderen behaupteten, wäre ein Mordversuch nicht fehlgeschlagen, wenn das seine Absicht gewesen wäre. Aber sie an einem öffentlichen Ort unter Wasser zu halten, war eine sichere Methode, es so aussehen zu lassen, als hätte jemand versucht, sie zu töten, ohne es tatsächlich zu tun. Es hatte ja schnell jemand kommen und sie finden müssen, oder? Und dieser jemand waren Tanner und ich. Sebastian Malavic hatte die Mittel, weil er die Kraft dazu hatte, und die Gelegenheit, weil er gerade mit ihr zusammen gewesen war und ihr leicht aus dem Café hätte folgen können.

Es gab jedoch noch eine offene Frage, und das war Zoes fehlende Erinnerung von dem Moment an, als sie sich entschuldigt hatte, bis zu dem Moment, als sie in Blooms Armen aufgewacht war. Vielleicht war Hypnose eine der vielen verborgenen Fähigkeiten der Vampire.

Es gab nur eine Möglichkeit, die Theorie zu bestätigen oder zu widerlegen, und das war, mit Graf Malavic zu sprechen. Ich meine, ähm, die Informationen an Deputy Manchester weiterzugeben und ihn mit Malavic sprechen zu lassen.

Weil ich mich nicht weiter einmischen wollte. Ernsthaft. Diesmal meinte ich es so.

Kapitel Sieben

„Wie sieht's aus, Deputy?", sagte ich am nächsten Morgen und schob Manchesters Kaffee und Kuchen über die Theke, als er sich auf einen Hocker im Medium Rare niederließ.

„Müde", grunzte er. „Müde sieht's aus."

„Ist das nicht immer so?", fragte ich.

Er dachte darüber nach. „Nein, manchmal ist es gestresst oder genervt oder sogar hoffnungslos."

„Macht Sinn, aber vielleicht sollten Sie nicht damit anfangen, wenn Sie mit der Rekrutierung beginnen."

Er schnaubte. „Wenn Sie oder Tanner nicht vorhaben, den Job anzunehmen, müssen wir wohl hoffen, dass in Eastwind eine Hexe auftaucht, die Verbrechen bekämpft, bevor wir überhaupt eine Chance haben, jemanden einzustellen." Er nippte an seinem Kaffee und fragte dann: „Welche Art von Hexe ist talentiert im Bekämpfen von Verbrechen?"

Ich zuckte die Achseln. „Sie fragen die falsche Hexe."

Er nickte. „Nein, ich glaube, ich frage die richtige. Es müssen Hexen des Fünften Windes sein. Immerhin sind Sie der beste Detektiv, den diese Stadt hat."

„Oh, bitte hören Sie auf." Ich zwinkerte ihm zu und ging nach Ted sehen, der heute Morgen eine Stunde zu spät gekommen war. Ich versuchte auch, mich nicht dafür zu hassen, dass ich Stu kokett zugezwinkert hatte, denn ich wusste, dass es ein notwendiger Schritt war, ihm Honig ums Maul zu schmieren, bevor ich den Verdacht über Graf Malavic ansprach. Manchester würde das nicht gern hören. Es war nicht das erste Mal, dass ich den Grafen eines Verbrechens verdächtigte. Zugegeben, es hatte sich herausgestellt, dass er nie etwas mit den bösen Machenschaften in Eastwind zu tun hatte, aber ich hatte einfach das Gefühl, dass es irgendwann passieren würde. Niemand wurde so mächtig, ohne ein paar böse Spiele zu spielen. Malavic war gerade intelligent genug, um nicht erwischt worden zu sein. Ich war mir dessen so sicher wie der Tatsache, dass Grim Speck liebte.

„Noch eine Tasse Kaffee?", fragte ich Ted.

Der Kopf des Sensenmanns ruckte hoch, seine schwarze Kapuze flatterte mit der Bewegung, blieb aber fest auf seinem Kopf. Gott sei Dank für kleine Segen wie diesen. Ich hatte Ted noch nie ohne seine Kapuze gesehen, die sein Gesicht verdeckte, und ich nahm an, dass es, wenn ich es täte, wahrscheinlich das Letzte sein würde, was ich sah.

Er steckte seinen Daumen in das Buch, das er gelesen hatte, um die Seite zu markieren, als er es sanft zuklappte. „Ja, bitte."

Ich füllte seine Tasse nach. „Geht's dir heute Morgen gut, Ted?"

„Oh, ja, sicher. Hatte nur eine ziemlich harte Nacht."

Wenn ein Sensenmann einem sagt, dass er eine harte Nacht hatte, ist die Neugier immer an Bord, obwohl das Gehirn weiß, dass man nicht fragen sollten. „Was ist passiert?" Ich bereute die Frage, sobald ich sie ausgesprochen hatte.

„Winde der Veränderung."

„Wie bitte?“

„Die Winde der Veränderung. Sie haben letzte Nacht durch die Deadwoods geweht. Es klang wie eine Todesfee, die an allen Seiten meines Hauses gekreischt und gehämmert hat. Der Nachtruhe nicht gerade zuträglich.“

„Ich bin immer noch verloren. Wenn du Winde der Veränderung sagst ...“

„Es ist nur eine andere Art von Wind. Der sechste Wind, wenn du so willst. Veränderung ist genauso Teil von allem wie Wasser, Erde, Luft, Feuer und Geist. Nur, dass er irgendwie der Feind von allem ist. Wir können wissen, dass eine Veränderung notwendig ist, aber wir fürchten sie trotzdem. Wie auch immer, die Winde der Veränderung sind selten, aber wenn sie wehen, ist das normalerweise ein Zeichen dafür, dass das nächste Jahr eine Übergangsachse sein wird.“

„Und wie oft weht der Wind der Veränderung?“

Er zuckte die Achseln, und seine Knochen knirschten dabei in seinen Gelenken. „Ab und zu.“

„Wann war das letzte Mal?“

„Vor ungefähr dreihundert Jahren.“

„Und was ist damals passiert?“

Er tippte mit einem behandschuhten Finger auf die Stelle, wo ich seine Lippen vermutete, wenn er welche hätte. „Ich glaube, es gibt einen Begriff dafür. Oh!“ Er zeigte auf mich. „Bürgerkrieg. Zwischen den Hexen und den Werwölfen. Ja. Es war ungefähr zu dieser Zeit. Ich erinnere mich daran, weil ich gerade dieses Kreuzworträtsel in alten Runen beendet hatte, und es war eines von denen, bei denen bestimmte Felder schwarz waren, und wenn man die Buchstaben aus den schwarzen Feldern aufschreibt, bekommt man die Antwort auf ein Rätsel. Ich erinnere mich noch an das Rätsel. Willst du es hören?“

„Ja“, sagte ich und trat einen halben Schritt zurück, „aber

ich muss mich um ein paar Tische kümmern, also vielleicht später?"

„Ah, natürlich. Du würdest es wahrscheinlich sowieso nicht verstehen, da alles in einer toten Sprache war und es keine genaue Übersetzung dafür gibt."

Ich huschte davon und überlegte, Manchester von den Winden der Veränderung zu erzählen, entschied aber, dass er dem Klang nach nichts dagegen tun konnte und es auch von meiner unmittelbaren Mission ablenken würde. Und solange der Wind in den Deadwoods blieb, wen kümmerte es dann, was passierte? Es ist schwer, Veränderungen an einem Ort zu fürchten, der nur besser werden konnte.

Als ich nach ein paar weiteren Bestellungen und dem Abräumen eines Tischs wieder bei Stu ankam, nahm er gerade seinen Tortenboden, tunkte ihn in seinen Kaffee und steckte ihn dann in seinen Mund.

„Oh, hey, bevor ich es vergesse", sagte ich, „ich glaube, ich habe ein paar Informationen, die dir das Leben erleichtern könnten."

„Spielen Sie etwa schon wieder Detektiv, Miss Ashcroft?"

„Nein", sagte ich fest. „Aber ich habe gestern was mit Zoe Clementine getrunken, Sie wissen schon, einfach so als Freundinnen ..."

Er kniff seine müden Augen zusammen. „Mm-hm?"

„Und sie hat etwas über diesen Tag erwähnt, das Sie vielleicht nicht wissen."

Er steckte sich den Rest seines Tortenbodens in den Mund und sagte: „Ich bin ganz Ohr."

Ich beugte mich über den Tresen, damit Fern Brisby, eine neugierige Werwölfin, deren einzige Einnahmequelle meines Wissens der Verkauf von Geschichten an die *Eastwind Watch* war, von ihrem Platz zwei Stühle weiter nicht mithören konnte. „Sie hat ein Meeting mit Graf Malavic verlassen, das nicht gut gelaufen war, und deshalb war sie an diesem Tag in der Innenstadt."

„Graf Malavic? Was für ein Treffen?"

Ich flüsterte: „Das will ich hier nicht sagen."

Er nickte und lehnte sich zur Seite, um eine Hand in seine Hosentasche zu stecken, in der er sein Kleingeld aufbewahrte.

Ich unterbrach ihn mit: „Nicht nötig. Das geht auf mich. Ich werde beim Sheriff vorbeischauen, wenn ich Feierabend habe, dann kann ich Sie auf den neuesten Stand bringen."

„Sie meinen, Sie schauen beim Sheriff vorbei, damit Sie bei den Ermittlungen dabei sein können?" Sein Schnurrbart blähte sich über einem selbstzufriedenen Grinsen.

„Oh nein ... Der Fall gehört ganz allein Ihnen."

Er zog eine Augenbraue hoch.

„Okay", sagte ich, „also vielleicht begleite ich Sie bei dem Besuch, wenn Sie das *unbedingt* wollen." Dann fügte ich schnell hinzu: „Sagen Sie es nur niemandem."

Er hob beschwichtigend die Hände. „Keiner Menschenseele. Ich will nicht, dass sich herumspricht, dass Sie tatsächlich nicht aus dem Spiel sind. Die Leute wären so schockiert."

„Sie machen sich über mich lustig." Ich zuckte mit den Schultern. „Nein, das ist in Ordnung. Macht Sinn. Ach, übrigens, das macht vier Kupfermünzen für den Kaffee und den Kuchen."

Kapitel Acht

Als ich meine Schürze hinten im *Medium Rare* aufhängte, eine Schüssel Queso aß und mir die letzten Reste von den Fingerspitzen leckte, kam Tanner mit einer Ladung schmutzigen Geschirrs in die Küche. „Hast du heute Abend schon was vor?"

„Heute Nachmittag habe ich was, aber später am Abend nicht. Was gibt's?"

Er stellte das Geschirr in die Spüle, wischte sich die Hände an seiner Schürze ab und sagte: „Ich hatte gehofft, du würdest vorbeikommen. Ich würde gern mit dir über was reden."

Ich erstarrte, eine Fingerspitze noch in meinem Mund. Ich zog sie langsam heraus und sagte: „Okay, du musst mir nur versprechen, dass du heute Abend nicht mit mir Schluss machen willst, sonst komme ich nicht."

„Was? Nein! Das definitiv nicht."

Sein Ton war überzeugend genug, also sagte ich: „Okay, dann sehen wir uns gegen sieben. Lass uns gehen, Grim."

Mein Vertrauter hörte auf, den Boden zu lecken, auf dem Anton eine Stunde zuvor Bratfett vergossen hatte (davon war doch sicher nichts mehr übrig, oder?), und trottete hinter mir her. Ich blieb stehen, um mir einen schnellen Kuss von Tanner zu stibitzen, bevor ich zur Hintertür ging, um zum Sheriff's Department zu gehen. Er rief mir nach: „Super, bis dann!" und dann: „Warte, wo gehst du jetzt hin?"

Ich ließ die Tür hinter mir und Grim zufallen, ohne zu antworten. Wenn wir später am Abend plaudern wollten, wäre es viel einfacher, ihn über meinen Tag zu informieren, als ihm jetzt zu erklären, warum ich Stu Manchester treffen würde, nachdem ich geschworen hatte, meine Nase nicht in diese Zoe-Clementine-Ermittlung zu stecken. Würde es Tanner etwas ausmachen, dass ich mich einmischte? Wahrscheinlich nicht. Aber mein Stolz wollte, dass ich die Zahl der Leute begrenzte, die wussten, dass ich mein Wort brach. Zumindest bis ich damit definitiv fertig war.

Und dennoch verspürte ich einen Anflug von Schuldgefühlen angesichts der Unterlassung, als Grim und ich Deputy Manchester auf der Treppe vor dem Büro trafen, bevor ich ihn über den Rest dessen informierte, was ich über Zoes Treffen mit Graf Malavic wusste.

Am Ende schien Stu auf derselben Seite wie ich zu stehen, und er sagte: „Also, ich schätze, das Wichtigste zuerst: Wir sprechen mit Graf Malavic und hören uns seine Seite der Geschichte an."

„Das ist nicht so aufregend, aber okay, lassen Sie uns – Moment." Ich kniff die Augen zusammen und wedelte mit den Händen vor mir. „Ich gehe nicht mit. Ich übergebe das nur an –"

Der Deputy räusperte sich. „Bei allem Respekt, Miss Ashcroft, Sie können die Schauspielerei lassen. Sie kommen mit mir. Wenn Sie möchten, dass ich einen Befehl daraus mache, damit Sie später sagen können, Sie wollten nicht, aber Sie fühlten sich gezwungen, dann mache ich das gern für Sie."

„Ja, bitte."

„Okay." Er nahm eine autoritärere Haltung ein und hakte die Daumen in seinen Dienstgürtel. „Miss Ashcroft, ich fürchte, ich muss Sie auffordern, mich zu Graf Malavic zu begleiten. Das ist keine Bitte."

Ich seufzte. „Mist, dann habe ich wohl keine andere Wahl."

Er nickte und drängte sich dann an mir und Grim vorbei. „Lassen Sie uns gehen."

„*Ich verstehe immer noch nicht, warum ich mitkommen muss*", fügte Grim hinzu. „*Ihr braucht mich nicht.*"

„*Erinnerst du dich, als wir angefangen haben, telepathisch zu kommunizieren, und du manchmal meine Gedanken belauscht hast, die nicht für dich gedacht waren?*"

„*Sicher, wie damals, als du versucht hast herauszufinden, ob die Leute in Eastwind Unterwäsche tragen, oder als du dich gefragt hast, ob die Größe des Zauberstabs in irgendeinem Zusammenhang steht mit –*"

„*Richtig. Was ich sagen will, ist, dass das keine Einbahnstraße ist. Manchmal wirst du ein bisschen faul, und ich erhasche flüchtige Blicke auf Dinge, die du mir nicht mitteilen willst.*"

„*Sprich weiter …*"

Ich bemerkte, dass er jetzt nervös war. Ich genoss es. „*Und ich weiß, dass du dich noch mehr anstrengst, je mehr ich mich bemühe, mich nicht einzumischen.*"

„*Einhornäpfel!*"

„*Nein, das ist es nicht. Je mehr Rätsel du löst, desto weniger halten dich die Leute für ein Todesomen und desto mehr Essen bekommst du von den Leuten zugesteckt.*"

„*Wenn du mir die richtige Menge zu essen geben würdest, müsste ich nicht so hinterhältig sein.*"

„*Ich gebe dir reichlich zu essen. Der einzige Grund, warum du nicht aufgegangen bist wie ein Hefekloß, ist, dass ich dich so oft mit mir herumlaufen lasse.*"

Wir kamen am Fulcrum-Brunnen im Zentrum der Stadt

vorbei, und ich versuchte, mir nicht vorzustellen, wie Zoe mit dem Gesicht nach unten darin gelegen hatte. Glücklicherweise löste der Anblick keine weitere Vision aus, und ich konnte mich weiter auf unseren bevorstehenden Hausbesuch bei Graf Malavic konzentrieren. Oder besser gesagt, nach dem, was ich über seine Wohnsituation gehört hatte, eher Schlossbesuch. Es schien ein wenig klischeehaft, dass ein Vampir in einem Schloss wohnte, aber vielleicht sind einige Klischees begründet.

Stu winkte einer kleinen Gruppe Hexen mittleren Alters zu, als wir durch das Eastwind Emporium gingen, und sie kicherten und winkten zurück. Mir kam ein neuer Gedanke. „Deputy, ich weiß, es geht mich nichts an, aber daten Sie jemanden?"

Er schmunzelte. „Warum? Läuft es zwischen Ihnen und Culpepper nicht so gut?"

„Nein, es läuft großartig. Ich frage mich nur, weil es so ausgesehen hat, als wären wir gerade an einem kleinen Zweig Ihrer offiziellen Fangruppe vorbeigekommen."

„Ja, Miss Ashcroft, ich bin in der unglücklichen Lage, Junggeselle zu sein. Seit Jahren schon. Der Job ist nicht unbedingt förderlich für die Aufrechterhaltung romantischer Beziehungen. Die meisten Frauen, denen ich während meiner langen Arbeitszeit begegne, befinden sich entweder in einer Krise – kein guter Zeitpunkt, um eine Beziehung anzufangen, wenn man kein Dreckskerl ist – oder es ist Sheriff Bloom. Und ich sage Ihnen, mit einem Engel auszugehen ist so ziemlich die dümmste Entscheidung, die man treffen kann. Man kann nie gut genug sein. Ich bin zwar Single, aber das heißt nicht, dass ich noch nie eine ernsthafte Beziehung hatte. Ich weiß ein paar Dinge über Romantik, Miss Ashcroft, und eines davon ist, dass Beziehungen nicht von Dauer sind, wenn einer der Partner viel zu gut für den anderen ist. Tatsächlich neigt diese Art von

Beziehung dazu, in hasserfüllten Flammen zu explodieren, der alles und jeden in der Nähe verzehrt."

Oh Junge. Ich konnte nicht glauben, was ich gerade tun wollte, aber ich tat es trotzdem. „Kann ich Sie nach Ihrer ehrlichen Meinung fragen, Stu?"

„Da müssen Sie gar nicht fragen, Miss Ashcroft. Ich würde Sie nicht anlügen."

Ich richtete meinen Blick auf die Kopfsteinpflasterstraße vor uns, als ich fragte: „Denken Sie, Tanner ist zu gut für mich?" Ich wappnete mich für die Antwort, die ich nicht hören wollte.

Manchester lachte leise. „Wissen Sie, ich kenne diesen Jungen schon lange. Ich habe gesehen, wie eine Frau nach der anderen sich ihm an den Hals geworfen und alle möglichen Tricks und Zaubersprüche angewandt hat, um ihn für sich zu gewinnen. Unter uns: Ich habe mehr als einmal interveniert, nachdem ich zuverlässige Tipps von anonymen Quellen erhalten habe, die zufällig wussten, dass ein Liebestrank auf dem Weg zu ihm war. Wenn Sie mich vor einem Jahr gefragt hätten, ob irgendeine der Frauen in Eastwind gut genug für Tanner Culpepper ist, hätte ich geantwortet: auf keinen Fall. Dann kamen Sie in die Stadt, und ich habe gesehen, wie er Sie ansieht, und dachte, ich habe noch nie in meinem Leben einen so klaren Fall von Karma gesehen. Die ganze Zeit war Tanner von Frauen belagert worden, die ihn nicht verdient hatten, und plötzlich war er da, Hals über Kopf in eine Frau verliebt, die er nicht verdient hat."

„Ich glaube nicht, dass ich verstehe, was Sie meinen", sagte ich.

„Miss Ashcroft, wenn Ihre Beziehung mit Mr. Culpepper in Flammen aufgeht, liegt das einzig und allein daran, dass Sie zu gut für ihn sind."

Ich kicherte unbehaglich. „Ich dachte, Sie hätten gesagt,

Sie würden mich nicht anlügen, Stu, und hier servieren Sie mir einen dampfenden Teller Einhornäpfel.“

Er hob beschwichtigend die Hände, als wir den Hügel hinaufmarschierten. „Ich lüge nicht, Miss Ashcroft. Ich habe viel Zeit mit Sheriff Bloom verbracht und dabei ein oder zwei Dinge darüber gelernt, wie man die Guten erkennt. Sie sind eine der Guten.“

„Das ist seltsam“, sagte Grim, ein paar Schritte hinter mir. *„Er riecht nicht, als hätte er getrunken, und trotzdem ...“*

Ich ignorierte ihn, obwohl ich ähnlich dachte. „Ich fühle mich nicht wie eine der Guten.“

„Warum in aller Welt nicht? Sie tun zwei der wichtigsten Dinge in Eastwind: Sie servieren den Leuten gutes Essen und helfen Ihnen, einen Schlussstrich zu ziehen.“

„Ja, aber ich mache auch dumme Fehler“, sagte ich. Vielleicht hatte Stu ein oder zwei Engelstricks gelernt, da er so viel Zeit mit Bloom verbrachte, denn je mehr er mich lobte, desto schwerer lastete alles Schlechte, das ich je getan hatte, auf mir. Noch ein Kompliment, und ich dachte, ich könnte vielleicht anfangen zu beichten.

„Jeder macht dumme Fehler. Es sind nicht die begangenen Fehler, die einen gut oder schlecht machen. Es ist die Art, wie man sie behebt.“

Wie sich herausstellte, brauchte es nicht einmal ein weiteres Kompliment, um den Ausschlag zu geben. „Ich habe Donovan geküsst. Mehr als einmal.“

Stu blieb wie angewurzelt stehen und drehte sich langsam zu mir um, die Arme vor der Brust verschränkt.

Ich blieb ebenfalls stehen und sah den Deputy an, entsetzt, aber gleichzeitig seltsam erleichtert.

Grim wich mit eingezogenem Schwanz ein paar Schritte zurück, während Stu mich eingehend musterte. „War das, während Sie mit Culpepper zusammen waren?“

Ich nickte.

„In den Deadwoods?"

Ich nickte erneut.

„Haben Sie es ihm gesagt?"

„Nein."

„Haben Sie es vor?"

„Ich weiß nicht."

Er dachte darüber nach, dann fielen seine Arme herab, und seine Haltung entspannte sich beim Ausatmen. „Sie sollten es ihm sagen."

„Was ist, wenn er mit mir Schluss macht?" Ich schluckte schwer. Es würde nichts bringen, Stu gegenüber Gefühle zu zeigen.

Der Schnurrbart des Deputys wackelte, während er mich von oben bis unten musterte. „Dann ist er – bei allem Respekt – ein Idiot. Können wir jetzt wieder zum Thema zurückkommen?"

„Ja."

Wir drei machten uns wieder auf den Weg den Hügel hinauf, und ich war mir sicher, dass ich nie wieder davon hören würde. Und auch sonst niemand. Zumindest nicht von Stu.

„Wo genau wohnt der Graf?", fragte ich, um das Thema zu wechseln.

Stu schien mehr als glücklich, mitzuspielen. „Auf Mount Reign. Nur ein kleines Stück außerhalb der Stadt, nicht weit hinter Whirligig's. Fluke Mountain ist ganz in der Nähe und Bridgewater Estate auch."

„Gehört das Oliver Bridgewater?"

„Ja. Ich glaube aber nicht, dass er dort wohnt. Ich glaube, nur seine Großeltern wohnen dort. Blanche und Levi Bridgewater, Olivers Eltern, wohnen oben im schicken Teil der Stadt. Und Oliver wohnt nicht weit von Miss Trues Haus."

„Das wusste ich nicht." Das hätte ich wahrscheinlich wissen sollen, aber ich hatte Oliver fast nie nach seinem Privatleben gefragt. In unseren Lektionen strahlte er deutlich Vibes aus, die sagten „lass uns professionell bleiben".

… Sie wissen schon, wenn er nicht gerade von einem Geist besessen war und seine Geheimnisse ausplauderte.

Ich fragte mich, ob ihm klar war, dass es dieser Vibe war, der Zoe dazu gebracht hatte, ihn zurückzuweisen. Wahrscheinlich nicht.

Ich hatte Stu Manchester gegenüber den Kuss zwischen Zoe und Oliver nicht erwähnt, als ich ihn informiert hatte. War er für diesen Fall relevant? Möglicherweise. Aber wie sie mir davon erzählt hatte, schien eher der Art zu entsprechen, wie man es einem Freund erzählt, nicht der Art, wie man es einem Ermittler berichtet, und ich wollte ihr Vertrauen nicht brechen.

Obwohl Stu nun mein schmutziges kleines Geheimnis kannte und ich sicher war, dass er es nicht ausplaudern würde, war es nicht an mir, irgendjemandem zu erzählen, was zwischen Oliver und Zoe passiert war, egal wie vertrauenswürdig diese Person auch sein mochte.

„Da ist es", sagte Stu zwanzig Minuten später, als das Schloss vor uns in Sicht kam.

„Heilige Geister", sagte ich langsam. Stand mir der Mund offen? Ich tastete über meine Lippen, und ja, es war so.

Wie sich herausstellte, lag Mount Reign mitten im Widow Lake, oder zumindest schien es so, bis wir näherkamen. Dann bemerkte ich, dass es eine Landbrücke gab, die ins Wasser ragte und den Berg mit dem Ufer verband.

Malavic hatte natürlich seine ganz eigene Halbinsel.

Das Schloss lag zum Glück nicht ganz oben auf dem Berg, aber sobald wir das Wasser überquert hatten, würde es noch ein Stück bergauf gehen.

Die gewundene Straße, die zum Anfang der Halbinsel

führte, war auf beiden Seiten von üppigem Grün gesäumt, das eher zufällig als angelegt schien. Es wurde nicht gepflegt, außer dass es zurückgeschnitten wurde, damit es nicht über das Kopfsteinpflaster wuchs, das dennoch gegen das Wachstum von Unkraut kämpfte, das sich dazwischen empor drängte.

„Beeindruckend, nicht wahr?", fragte Stu und nickte geradeaus.

„Ja."

„Vom Standpunkt der Sicherheit aus ist es sogar noch beeindruckender. Malavic war der erste Vampir in Eastwind, noch bevor es überhaupt so hieß, und er ist der Grund, warum es in der Stadt nur eine Handvoll Vampire gibt. Er hat gute Arbeit geleistet, sie entweder fern oder in Schach zu halten. Aber das hat ihm auch seinen gerechten Anteil an Feinden unter den Vampiren eingebracht. Zum Glück können Vampire keine Gewässer überqueren. Für diese Kreaturen gibt es nur einen Weg in sein Schloss hinein und einen Weg hinaus, und er kann ihn jederzeit genau im Auge behalten."

„Lebt er deshalb dort? Ist er paranoid?"

Stu verzog das Gesicht und nickte. „Wenn er nicht paranoid ist, ist er ein Idiot. Der Vampir weiß fast genauso gut, wie er sich Feinde macht, wie er Geld für Wohltätigkeitsorganisationen ausgibt, um unsichere Verbündete zu gewinnen."

„Wer ist das?", fragte ich, als ich eine Gestalt bemerkte, die aus dem Haupttor des Schlosses kam. Wir waren noch immer Hunderte von Metern entfernt, und da die Sonne schon unterging, konnte ich keine Einzelheiten erkennen.

„Hmm ..." Stu kniff die Augen zusammen und formte mit seiner Hand eine Sonnenblende. „Wahrscheinlich genau der Mann, den wir sehen wollten."

„*Das ist nicht Malavic.*" Grim hob schnuppernd die Nase, als der Wind drehte.

„Wer ist es?“

„Oliver.“

„Bridgewater?“, fragte ich laut, obwohl meines Wissens kein anderer Oliver in Eastwind war.

„Denken Sie?“, fragte Stu und verzog das Gesicht.

„Das hat Grim gesagt.“

„Was würde Oliver Bridgewater bei Graf Malavic wollen?“

Das war die Millionenfrage, oder? Ich hatte meine eigene Hypothese im Kopf, aber ich wollte noch keine voreiligen Schlüsse ziehen.

Oliver verließ die Landbrücke, als wir noch fünfzig Meter entfernt waren, und bog scharf nach links ab, ohne uns zu beachten.

„Hey, Oliver!“, rief ich. Vielleicht hatte er uns nicht gesehen, obwohl ich nicht sicher war, wie er uns drei übersehen haben konnte. Grim war nicht gerade klein.

Aber er ignorierte mich und ging weiter.

Manchester gab ein tiefes Grunzgeräusch von sich. „Ich werde mit ihm reden. Sie bleiben hier, damit es nicht so auffällt.“

Als Stu zu Oliver joggte, drehte ich mich zu Grim um. *„Glaubst du, er ermittelt auch?“*

„Das wäre nachvollziehbar.“

„Stimmt. Jemand hat versucht, die Frau zu ermorden, in die er ernsthaft verknallt ist.“

„Außerdem ist er viel schlauer als du, also ist er wahrscheinlich besser für den Job geeignet“, fügte Grim hinzu.

„Unangebracht. Aber verstanden. Es gibt hier aber noch eine andere Möglichkeit.“

„Eine andere Möglichkeit, als dass Oliver schlauer ist als du? Nein, das glaube ich nicht.“

„Nein, das nicht. Ich meine eine andere Möglichkeit, als dass Oliver hier ist, um den Ertränkungsversuch zu untersuchen.“

„Und die wäre?"

„Er könnte die mögliche romantische Verwicklung untersuchen."

„Stimmt. Oder er könnte derjenige gewesen sein, der versucht hat, sie zu ertränken, und er hat Angst, dass der Graf es gesehen haben könnte, also geht er der Sache nach."

Ich war nicht sehr von dieser Theorie überzeugt, auch wenn sie eine Möglichkeit blieb – oder ungefähr so sehr eine Möglichkeit wie alle anderen Theorien, die angesichts der Informationen, die wir hatten, kaum mehr als Schüsse ins Blaue waren.

Manchester joggte zu uns zurück und hielt atemlos inne, als er uns erreichte. „Okay, versuchen wir es. Oliver sagt, Malavic hat ihm nicht aufgemacht, aber es besteht immer die Möglichkeit, dass der Graf Bridgewater einfach nicht die Tür öffnen wollte. Sie hingegen scheinen ihm zu gefallen." Er kniff die Augen zusammen. „Haben Sie eine Idee, warum das so ist?"

„Nein. Und wenn ich eine hätte, würde ich alles in meiner Macht Stehende tun, um dem ein Ende zu setzen."

Der Deputy nickte, zufrieden mit der Antwort. „Okay, los geht's."

Als wir die Landbrücke hinuntergingen und sanfte Wellen des Sees an die Felsen auf beiden Seiten schwappten, fragte ich: „Warum war Oliver hier?"

Stu zuckte mit den Schultern. „Aus demselben Grund wie wir, wie es scheint. Er war daran interessiert zu hören, was Malavic zu Miss Clementines Beinahetod zu sagen hatte."

Das Eingangstor des Schlosses war aus Holz und Eisen und ragte sechs Meter in die Höhe. Ich war mir nicht sicher, wie jemand seine Anwesenheit an einem Eingang wie diesem ankündigen konnte. Klopfen schien ein bisschen albern und nutzlos. Selbst wenn Sebastian zu Hause war, bestand kaum eine Chance, dass er eine Faust gegen die Tür hörte, es sei denn, er stand direkt auf der anderen Seite oder hatte ein übermenschliches Gehör.

Moment, hatte Sebastian ein übermenschliches Gehör? Das war nicht das erste Mal, dass ich mich das fragte.

Aber mir blieb die Peinlichkeit erspart, herauszufinden, wie ich unsere Anwesenheit ankündigen sollte, als Stu murmelte: „Das ist komisch."

„Hm? Was?"

Meine Augen folgten seinem ausgestreckten Arm, als er auf die Stelle zeigte, wo die beiden riesigen Türen in der Mitte aufeinandertrafen.

Eine davon war nur angelehnt.

„So viel zum Thema Sicherheit", murmelte der Deputy, dann schob er seine Finger in den kleinen Spalt und zog. Die Tür öffnete sich mit einem Ächzen, und wir wurden von fast völliger Dunkelheit empfangen. „Graf Malavic? Deputy Manchester hier. Sind Sie zu Hause?"

Wir drei warteten an der Schwelle, aber es kam keine Antwort.

„Hat Oliver erwähnt, dass die Tür offen war?", flüsterte ich.

„Nein", flüsterte Stu zurück. „Aber vielleicht hat er es nicht bemerkt."

„Sollen wir reingehen?"

Stu zog eine Augenbraue hoch. „Wahrscheinlich, aber bevor wir das tun, fühle ich mich verpflichtet, Sie darüber zu informieren, dass dies meiner professionellen Meinung nach eine ganz schlechte Idee ist. Sie können gern zurückbleiben, wenn Sie –"

„Treten Sie zur Seite." Ich schob ihn sanft aus dem Weg und überquerte die Tür in das dunkle Schloss. *„Sebastian? Ich bin's, Nora Ashcroft. Sind Sie hier?"*

Meine Stimme hallte durch die große Eingangshalle, und als sich meine Augen an die Dunkelheit gewöhnt hatten, erkannte ich, dass es sich nicht um ein heruntergekommenes altes Gebäude handelte, wie ich es von alten Schlössern erwartet hatte, die ich immer als Relikte der Vergangenheit betrachtet hatte. Stattdessen war es elegant möbliert, obwohl im Dämmerlicht alles – die Skulpturen, Kronleuchter, Möbel und Gemälde – in Grautönen erschien.

Vor mir teilte sich oben eine breite Treppe in zwei Richtungen, und ich fühlte mich, als wäre ich in einen Schwarz-Weiß-Film geraten, in dem jeden Moment Joan Crawford oder Grace Kelly im Ballkleid die Treppe herunterschweben könnte.

Auf meinen Ruf bekam ich jedoch keine Antwort, und meine Neugier zog mich weiter hinein. Ich wollte dieses Haus erkunden. Obwohl es unbewohnt zu sein schien, fühlte es sich an, als wäre jemand hier, und ich verstand nicht, wie das funktionierte oder was genau ich spürte, bis ich erneut rief und ein dumpfes Geräusch von der Treppe hörte.

Ich erstarrte, und der Deputy trat vor mich. Zu meiner Überraschung hielt er einen hölzernen Gegenstand vor sich, der einem Zauberstab verblüffend ähnlich sah.

Ich erkannte Ezra Ares' Handwerkskunst, obwohl es keinem Zauberstab ähnelte, den ich je gesehen hatte. Das Ding, das Stu hielt, sah aus wie ein Holzschwert, dessen Klinge auf etwa fünfzehn Zentimeter Länge abgeschliffen war. „Was ist das?", flüsterte ich, aber Stu legte sofort einen Finger auf die Lippen und sah sich um.

„Malavic? Sind Sie das? Ich bin's, Deputy Manchester."

Weitere Geräusche aus Richtung der Treppe. Ich ließ Stu die Führung übernehmen, war aber kaum mehr als einen Schritt hinter ihm, als wir die Treppe hinaufstiegen.

„Ich werde an der Tür warten und Wache halten", sagte Grim.

„Wie du willst."

Als wir auf halbem Weg zu der Stelle waren, wo sich die

Treppe gabelte, hörte ich das Geräusch erneut, nur, dass ich es diesmal auch spürte. „*Es kommt von unten*", flüsterte ich.

Stu nickte, und wir eilten hinunter und herum, bis wir eine kleine Holztür fanden, die in die Seite der Treppe eingelassen war. Er drückte dagegen, und sie sprang einen Zentimeter auf. Dahinter war völlige Dunkelheit. Stu schlug mit seiner freien Hand auf das Holzding, und es begann zu leuchten und erfüllte den Raum mit einem sanften roten Licht.

In meiner alten Welt würde ein Raum wie dieser als Lagerraum genutzt werden. Man könnte dort halb fertige Projekte oder Sportgeräte aufbewahren oder den Besen und den Staubsauger. Aber das war nicht der Zweck dieses Raumes. Er war eher wie das Innere eines Mausoleums, mit aufwendigen Eisengittern und Öffnungen in den Wänden, in denen Totems menschenähnlicher Kreaturen standen, deren Bedeutung mir verborgen war.

Etwas in der Mitte des Kriechraums, der in keine Richtung mehr als zwei Meter breit sein konnte, erregte meine Aufmerksamkeit und hielt sie fest. Der Geruch von frischer Erde war unverkennbar.

„Was denken Sie, ist da vergraben?", fragte ich, in Richtung des Erdhügels gestikulierend.

Kaum war die Frage aus meinem Mund, ertönte ein weiteres lautes Pochen.

„Es kommt aus der Erde", sagte Stu. „Samtige Geweihe! Da ist jemand darunter!"

Stu legte seinen leuchtenden Stab neben den Hügel, während wir beide begannen, Handvoll um Handvoll Erde wegzuziehen. Aber so würden wir eine Stunde brauchen, da der Hügel fast einen Meter hoch war.

„Grim!", rief ich. „Wir brauchen deine Hilfe!"

Mein Vertrauter steckte einen Moment später seinen Kopf

in die Tür, und ich sagte: „Hier ist jemand begraben. Wir müssen ihn da rausholen.“

„Dafür bin ich geboren. Macht Platz.“

Seine riesigen Pfoten waren effizienter als Schaufeln, als er hineinstürzte und den Hügel aufriss, sodass Ladung um Ladung Erde gegen die Außenwände flog, wo sie sich wie Schneewehen sammelte. Ich konnte gerade noch ausweichen, um nicht einen Mundvoll feuchter Erde abzubekommen.

Dann, ohne ein Prickeln der Vorwarnung und trotz des Stauroliths, der um meinen Hals hing, traf mich eine weitere Vision wie ein Erdrutsch.

Kapitel Neun

Um mich herum war alles dunkel, und der einzige meiner fünf Sinne, auf den ich zugreifen konnte, war mein Tastsinn. Aber ich konnte mich nicht bewegen. Meine Nerven brannten, der Schmerz war allesverzehrend. Und dann war ich plötzlich aus der Dunkelheit heraus, aber der Schmerz blieb, als ich auf das Loch im Boden starrte, während zwei Männer rhythmisch Erde daneben schaufelten und sie auf den kleinen Haufen warfen. Ich war frei, nicht länger begraben und musste hilflos zusehen, wie die Männer weitermachten. Doch es fühlte sich auch an, als wäre ich, wer auch immer ich war, immer noch unter der Erde gefangen.

Der Haufen verschob sich ein wenig, und Fingerspitzen stießen nach oben, griffen nach Hilfe, von der ich bereits wusste, dass sie nicht kommen würde.

„Wie lange wird sie wohl noch durchhalten?", fragte einer der Männer.

„Weiß nicht. Wenn sie schlau wäre, würde sie einfach aufgeben. Ich kann nicht verstehen, dass sie nicht tot war, als wir sie reingeworfen haben", antwortete der andere.

Ich streckte mich nach den schmutzigen Fingerspitzen aus und hoffte, ich könnte die Frau befreien, aber natürlich konnte ich das nicht. Wer auch immer das war – ich oder, wahrscheinlicher, jemand anderes, den ich channelte –, war nicht mehr zu retten. Ich konnte es in jedem Nerv spüren, der von den Schmerzen unzähliger Verletzungen schrie.

Also tat ich das Einzige, was ich tun konnte. Ich sah mich um, um den Kontext zu erfassen. Ich war aus einem bestimmten Grund hier. Es gab etwas Wichtiges, das ich sehen musste. Vielleicht war es nur diese schreckliche Tat, aber ich vermutete, dass es mehr sein könnte.

Als ich weiter zusah, wurde die Welt klarer und schimmerte um mich herum zur Realität. Ich war in einem dichten, fast undurchdringlichen Dschungel. Das unmarkierte Grab war auf einer kleinen Lichtung zwischen den Bäumen und die nahe gelegenen Farne bogen sich unter dem Gewicht von Erde, die darauf geworfen worden war. Warum war ich hier? Wer war diese Frau?

Ich streckte die Hand aus, obwohl ich wusste, dass ich nicht helfen konnte, und ergriff ihre Hand. Zu meiner Überraschung fühlte ich sie, als wäre ich tatsächlich da, und ihre Finger schlossen sich, um meine Hand zu ergreifen. Sie wollte, dass ich sie sah.

Die Umgebung veränderte sich. Wir befanden uns in einem winzigen Dorf am Fuß einer gewaltigen Bergkette, die sich bis zum Himmel erhob und in tiefhängenden Wolken verschwand. Es dauerte einen Moment, bis sich meine Ohren an den fast ohrenbetäubenden Gesang tausender Vögel gewöhnt hatten, Melodien, die meinem Herzen vertraut, meinem Verstand jedoch fremd waren. In der Nähe spielten Kinder, und ich wusste sofort, dass ein Junge und ein Mädchen die Kinder der Frau waren. Ihre Haut hatte eine schöne, rötliche Bräune, und dunkles Haar hing ihnen wirr ins Gesicht, während sie einander jagten. Das kleine Mädchen hielt einen Stock vor sich und bog sich so vor Lachen, dass ich überrascht war, dass sie es schaffte, auf den Beinen zu bleiben.

Dann hörte ich in der Ferne Geschrei, das Spiel verstummte, und die Frau und einige andere Erwachsene in dem runden Bereich, der von kleinen Häusern umgeben war, spannten sich an wie eine Herde Rehe, die einen Jaguar auf der Jagd wittert.

Die Frau begann zu schreien, wedelte mit den Armen und bedeutete den Kindern, reinzugehen, und als sie die Tür hinter ihnen geschlossen hatte, schloss sie die Augen, betete zu dem Gott, dem sie vertraute, und ging dann in Richtung der Schreie. Rauch begann aufzusteigen, und ich konnte ihre Angst spüren, ihre Traurigkeit, als sie auf das Unvermeidliche zuging. Aber was genau *war* unvermeidlich?

Am Rand des dichten Waldes erschienen die Männer. Zwei Dutzend von ihnen umrundeten ein mit Laub gedecktes Gebäude, mit langen, grob geschmiedeten Klingen in der Hand. Sie hätten die Frau im Handumdrehen töten können, aber etwas an ihr ließ den Anführer innehalten. Sie starrte ihn über die Lichtung hinweg mit mehr Hass in den Augen an, als ich für möglich gehalten hatte. Die Vögel verstummten.

Die Worte, die über ihre Lippen kamen, waren mir fremd, kaum mehr als ein Flüstern. Doch dann wurde ihre Stimme lauter, immer lauter, bis sie die Worte, dieselben paar, immer und immer wieder schrie. Ein kalter Luftstoß stürzte den Berg hinter ihr herab, blies die Männer einen Schritt zurück und peitschte die losen Strähnen ihrer dunklen Haare, die sich aus dem langen Zopf auf ihrem Rücken gelöst hatten, um ihr Gesicht. Sogar sie gestikulierten den Männern wie eine Anklage entgegen.

Es war nicht schwer, das zu verstehen. Sie war eine Hexe. Aber nicht ganz die Art, die ich kannte. War sie eine Nordwindhexe? Sie schien die Luft wie eine zu beherrschen. Doch das schien nicht richtig zu sein. Ihre Macht schien ungezügelter, als schöpfte sie aus einer viel älteren Quelle.

Am Ende war es egal, woher ihre Macht kam; es war nicht genug. Einen Moment lang sah es so aus, als reichten ihre Bemühungen aus, um die Gruppe am Näherkommen zu hindern, doch ich wusste, dass ihr Schicksal besiegelt war. Ich hatte ihre letzten Momente unter der Erde beobachtet, ihre Hand gehalten …

„Miss Ashcroft!"

Wo kam diese Stimme her? Aus dem Wind?

„Miss Ashcroft! Geht's Ihnen gut? Sagen Sie doch was!"

Der Schmerz verschwand, ersetzt durch einen viel geringeren, als Deputy Manchester mir die Wange tätschelte und mich schüttelte. Ich öffnete die Augen und fand mich in Stus Armen liegend wieder. Ich war wieder in der kleinen Kammer unter den Treppen. „Was ist passiert?"

Eine andere Stimme mit einem Hauch osteuropäischen Akzents erklang vom Boden neben mir. „Ich glaube, mein bloßer Anblick hat Sie in Ohnmacht fallen lassen."

Blinzelnd drehte ich mich in Richtung der Stimme um und sah Graf Sebastian Malavic in einem offenen Sarg sitzen, umgeben von einem Ring frischer Erde.

Er räusperte sich und fuhr sich durchs Haar, um die Erde herauszubekommen. „Du liebe Verdammnis! Ich dachte, ich würde für immer mit meinen eigenen Gedanken hier eingesperrt sein. Ich habe mir Sorgen gemacht, dass mich die Langeweile umbringen könnte, was selbst für diese Stadt ziemlich unerwartet gewesen wäre."

„Wie lange waren Sie da unten?", fragte ich und versuchte immer noch, das, was ich gerade gesehen und gespürt hatte, zu begreifen und mit dem Ort, an dem ich mich jetzt befand, in Einklang zu bringen.

„Seit Sonnenaufgang. Ich brauche nur ein paar Stunden Ruhe pro Tag, aber ich hatte einen langen Abend mit möglichem Nachwuchs, und, nun ja, sie scheint *sehr* vielversprechend zu sein. Kurz gesagt, ich habe ein paar zusätzliche Stunden gebraucht, um mich zu erholen. Aber ich hatte nicht erwartet, dass ich auf ein solches Hindernis stoßen würde, als ich schließlich versucht habe, aufzustehen. Ich war schwach vom Mangel an Nahrung und saß deshalb fest. Das heißt, bis Ihr Hundegefährte mir eine oder zwei helfende Pfoten gereicht hat.“

Grim lag in der Tür, leckte den Schmutz von seinen Pfoten und sah besonders zufrieden mit sich aus.

„Wer könnte das getan haben?“, fragte Stu.

Malavic wischte etwas Schmutz von der Schulter seines weißen Baumwoll-T-Shirts. „Ist es nicht Ihre Aufgabe, das herauszufinden, Deputy?“ Er stand auf, und erst dann sah ich die Kleidung, in der er schlief: ein weißes T-Shirt mit V-Ausschnitt und eine graue Jogginghose.

Ich konnte das Kichern nicht unterdrücken.

Der Graf starrte auf mich herab, wo ich noch immer in Manchesters Armen lag. „Ich nehme an, Sie tragen jede Nacht Ihre besten Kleider im Bett?“ Seine Nasenflügel blähten sich fast unmerklich. „Oder schlafen Sie nackt?“ Ein Lächeln breitete sich auf seinen Lippen aus. „Ah, das tun Sie, oder?“

„Was? Nein, ich —“ Das war kein Gespräch, das ich führen wollte, während ich auf Stu Manchesters Schoß lag, also rappelte ich mich schnell auf und stemmte mich gegen die Wand, um nicht umzufallen, als mir das Blut aus dem Kopf sackte. Ich starrte den Vampir im Leuchten von Manchesters Zauberstab an. „Sie sind nur wie ein Calvin-Klein-Model angezogen, und das habe ich nicht erwartet.“

„Ich sehe viel besser aus als Calvin-Klein-Models, ganz zu schweigen davon, dass ich wesentlich älter bin.“

Ich nickte, denn das musste ich ihm zugestehen. „Moment. Woher wissen Sie überhaupt, was ein Calvin-Klein-Model ist?"

Er zuckte mit einer Schulter, und ein verstohlenes Grinsen umspielte seine Mundwinkel, aber er antwortete nicht.

„Miss Ashcroft", sagte Stu und stand auf. „Sie sind da eben ganz schön gestürzt. Ich denke, wir sollten Sie irgendwohin bringen, wo wir Sie untersuchen und sicherstellen können, dass alles in Ordnung ist."

„Ja", sagte Sebastian, drehte mich zur Tür seines Verstecks und schob mich sanft vorwärts, eine Hand auf meinem Rücken. „Ich muss mich dringend waschen, und als Schatzmeister des Hohen Rats habe ich jetzt, da wir die Goldreserven dank der unermüdlichen Arbeit von Ihnen beiden wieder haben, einige wichtige Dinge zu erledigen."

Manchester, Grim und ich hatten kaum die Schwelle des Grafen überschritten, als die Tür hinter uns zuschlug. Und diesmal war sie fest verschlossen.

„Man sollte meinen, er würde herausfinden wollen, wer das getan hat", sagte ich und starrte auf die Landbrücke und dahinter auf die Skyline von Eastwind.

Manchester nickte. „Ja, es sei denn, er führt nichts Gutes im Schilde und ist in irgendwas verwickelt, worüber er nicht von uns befragt werden will."

„Halten Sie das für wahrscheinlich?"

Stu schmunzelte. „Ich denke, es ist eher wahrscheinlich als unwahrscheinlich. Jetzt bringen wir Sie zu den Lytefoots, bevor das Pixie Mixie zum Abendessen schließt."

Kapitel Zehn

„Wenn ich raten müsste", sagte Stella Lytefoot, flatterte vor mir und überprüfte noch einmal meine Pupillen, „würde ich sagen, akute Psychopompie."

Sie flatterte ein Stück zurück und nickte Stu Manchester zu, der neben mir an dem großen Holztisch im hinteren Teil der Pixie-Mixie-Apotheke saß. Die Wände um uns herum waren mit Bücherregalen vollgestopft, voll mit allen möglichen alten Büchern, aber Stella, der Kopf hinter der Pixie-Mixie, musste für ihre Diagnose keines davon zu Rate ziehen.

„Akute Psychopompie?", wiederholte Stu. „Was ist das?"

„Ja", fügte ich hinzu, „was ist das?"

Sie winkte vage mit der Hand. „Es ist eine Art Sammelbegriff für den Fall, dass ein Nekromant etwas Seltsames tut. Nicht sehr hilfreich, ich weiß. Aber mit deinen Vitalfunktionen scheint alles in Ordnung zu sein, und wenn sich deine Aura während der Episode verändert hat, ist sie wieder zum Normalzustand zurückgekehrt. Sie ist tatsächlich etwas klarer als sonst."

„Du glaubst also nicht, dass die Vision von Graf Malavic verursacht worden sein könnte?"

Stella schüttelte schnell den Kopf. „Nein, nein. Außer auf Ebene sexueller Überzeugungskraft haben Vampire und Nekromanten nur sehr wenig Einfluss aufeinander."

Ich würgte ein wenig. „Sexuelle Überzeugungskraft?"

„Oh ja. Da musst du aufpassen. Aber er auch."

„Warte", sagte ich, „zurück. Ich habe sexuelle Überzeugungskraft?"

Sie nickte. „Natürlich. Obwohl ich der Meinung bin, dass es nicht so sehr eine Kraft ist, die man nach Belieben einsetzen kann, sondern eher eine Nebenwirkung der natürlichen Aura des Geheimnisvollen, die Hexen des Fünften Winds umgibt. Männer finden das Geheimnisvolle verlockend, nicht wahr, Stu?"

Stu zuckte auf seinem Stuhl zusammen. „Ich habe keine Gefühle dieser Art für Miss Ashcroft. Unsere Beziehung ist rein beruflich."

„Ich weiß nicht", sagte ich, „ich betrachte Sie als Freund, Stu."

Er riss die Augen auf. „Tatsächlich?"

„Ja."

„Hm." Er nickte langsam und nahm die Informationen auf. „Ich erwarte nie, neue Freunde zu finden, aber okay. Ja. Sie sind auch meine Freundin, Miss Ashcroft."

Immer noch „Miss Ashcroft". Egal. Kleine Schritte.

Stella beobachtete unser Gespräch mit kühler Distanz, als würde sie wissenschaftliche Daten sammeln. Schließlich bemerkte sie: „Was ich meinte, war, dass Sie, als Mann, eine geheimnisvolle Aura bei Frauen – oder welches Geschlecht auch immer Sie bevorzugen – als erotisch anziehend empfinden."

Stus Schnurrbarthaare schienen sich aufzurichten, bevor er

sagte: „Oh. Ja. Ich stimme dieser Einschätzung zu, Mrs. Lytefoot."

Stella schnitt eine Grimasse. „Bitte, nennen Sie mich Stella. Erstens klingt es altmodisch, wenn man mich Missus nennt – obwohl ich das natürlich bin, aber ich sehe nicht ein, warum ich ständig daran erinnert werden sollte, da ich jung aussehe und mich jung fühle – und zweitens sorgt es immer für Verwirrung, wenn mein Partner in der Nähe ist."

Stu nickte pflichtbewusst. „Natürlich, Stella. Wie Sie wünschen."

„Ich glaube, ich habe was, das deine Nerven beruhigen kann, Nora, wenn du es probieren möchtest. Ein sehr sanfter Trank. Soll ich dir einen holen?"

„Das wäre fantastisch. Danke."

Als Stella aus dem Raum flatterte, wandte ich mich sofort Stu zu. „Sie glauben, Oliver war es?"

„Er ist sicherlich ein Verdächtiger."

„Aber warum sollte er Malavic begraben? Das kann einen Vampir doch nicht töten, oder?"

Stu rieb sich nachdenklich das Kinn. „Nein, das nicht. Es kann ihn lediglich für eine Weile außer Gefecht setzen oder vielleicht eine Nachricht übermitteln."

„Könnte es eine Warnung gewesen sein?" Ich dachte an das, was ich über seine Beziehung zu Zoe wusste und Stu unbekannt war.

„Das wäre von jemand anderem denkbar, aber Oliver Bridgewater? Der Junge hat noch nie in seinem Leben eine Fehde geführt. Er hält sich aus Ärger heraus, tut, was der Zirkel von ihm verlangt, und folgt immer den Regeln."

„Glauben Sie, der Zirkel könnte ihn gebeten haben, ihre Drecksarbeit zu erledigen?"

Stu zuckte mit den Schultern. „Das wäre möglich. Der Zirkel gehört nicht gerade zu Malavics Fangemeinde. Aber

Oliver gehorcht nicht blind. Er würde keinen Befehl ausführen, den er für unrechtmäßig hält.“

„Was, wenn es nicht Oliver war?“, sagte ich. „Was, wenn er die Wahrheit gesagt hat und tatsächlich gegangen ist, nachdem niemand aufgemacht hat? Wer sonst könnte Sebastian einschüchtern wollen?“

Als Stella wieder den Raum betrat, erwartete ich, dass Stu das Gespräch unterbrechen würde, bis wir wieder allein wären, aber er machte sich nicht die Mühe. „Ich weiß, das klingt vielleicht seltsam, aber die erste Person, die mir einfällt, ist Liberty Freeman. Diese beiden sind sich im Hohen Rat in nichts einig. Der Dschinn sieht Malavics übertriebene Neigung zur Philanthropie als eine geschickt getarnte Form von Sklaverei. Wenn man die Armen von der Güte eines einzelnen Wohltäters abhängig macht, werden diese Leute alles tun, was nötig ist, um den Wohltäter glücklich zu machen, um nicht zu verlieren, was sie bekommen haben. Ich muss sagen, dass ich ihm da zustimme, aber es ist schwer, es denen begreiflich zu machen, die dringend eine helfende Hand brauchen.“

Stella mischte sich ein. „Hier, nimm das.“ Sie reichte mir eine kleine Keramikschale mit einer dunklen Flüssigkeit darin, und ich versuchte, nicht durch die Nase zu atmen, als ich sie an meine Lippen hob und austrank. Der Trank begann herb und endete bitter und erdig.

„Danke“, keuchte ich und kehrte zum Gespräch zurück. „Glauben Sie, Liberty würde den Grafen im Schlaf begraben, um irgendwas zu beweisen?“

„Nicht mehr, als ich glaube, dass Oliver Bridgewater sich ins Haus des Grafen schleichen würde, um sowas zu tun. Aber der Dschinn hat definitiv die Fähigkeit, Leute zu manipulieren. Die Eastwinder sehen Libertys Charisma und sein Zahnpasta-Lächeln und gehen davon aus, dass er ein großer Teddybär ist. Sie vergessen jedoch, dass Bären tödlich sein können, wenn man sie reizt. Wir können uns glücklich schätzen, dass Liberty diese freundliche Seite hat, denn wenn er wollte, könnte er mit einem Fingerschnippen Chaos und Tod über uns alle bringen."

„Das stimmt", fügte Stella hinzu. „Dschinn sind furchtbar mächtige Wesen. Es hat für großes Aufsehen gesorgt, als er vor ein paar hundert Jahren beschlossen hat, von Zatrian hierherzuziehen. Das war, bevor es überhaupt Eastwind hieß. Wenn es eine richtige Regierung anstatt einer Werwolf-Aristokratie gegeben hätte, hätte man ihn freundlich gebeten, sich woanders niederzulassen. Ich glaube nicht, dass das gut angekommen wäre, also ist es wahrscheinlich das Beste, dass es nicht so gekommen ist."

„Und wenn ich mich recht erinnere", fügte Stu hinzu, „hat Bürgermeisterin Esperia Sheriff Bloom mitgeteilt, dass wir die Genehmigung haben, nächsten Monat einen neuen Officer einzustellen, allerdings mit der Einschränkung, dass dafür eine Steuererhöhung notwendig ist. Liberty ist gegen Steuererhöhungen, egal, aus welchem Grund. Sagen Sie, Stella, wie sieht der Mond heute Nacht aus?"

„Halbmond", sagte sie.

Stu nickte. „Dachte ich mir. Das bedeutet, dass der Hohe Rat über alle Resolutionen der letzten zwei Wochen abstimmen wird. Der Rat hat die strikte Regel, dass alle sieben Angehörigen anwesend sein müssen, um eine Abstimmung durchzuführen. Wenn Graf Malavic nicht anwesend wäre ..."

„Könnte die Steuererhöhung nicht verabschiedet werden", beendete ich den Satz für ihn. „Das ist eine Wahnsinnstheorie, Stu."

Er lächelte und neigte höflich den Kopf. „Danke. Wenn Sie es nicht besser wüssten, könnten Sie glatt meinen, ich hätte mein Leben der Strafverfolgung gewidmet oder so."

Stella flatterte zur Tür und hielt sie auf, und wir verstanden den Wink und verließen ihre Bibliothek.

„Ich habe die Flasche an der Kasse gelassen", sagte sie. „Nimm das nach Bedarf nach ähnlichen Vorfällen, aber ich hoffe, dass du das nicht brauchen wirst. Kayleigh wird dich abkassieren."

Nanuk's Nibbles stand schon seit einiger Zeit auf meiner Liste als Restaurant, das ich ausprobieren wollte, aber ich hatte nie einen Grund gehabt, den Weg zum Fluke Mountain zu gehen, um es auszuprobieren. Es war in Eastwind das Restaurant, das gehobener Küche am nächsten kam, und ich gebe zu, ich war skeptisch, wie gut es sein könnte. Das Einzige, was schlimmer ist als keine gehobene Küche, war gehobene Küche, die nur okay ist. Aber es war das Restaurant, das Tanner für das Essen an diesem Abend ausgesucht hatte, und ich wollte deswegen nicht zum Spielverderber werden.

Nach den ersten beiden Runden Tapas gab ich es schließlich zu. „Okay, dieser Laden ist ziemlich unglaublich."

Tanner saß mir gegenüber an unserem Zweiertisch am Fenster. Unsere Aussicht tat dem Erlebnis definitiv keinen Abbruch, da wir den Rest der Stadt überblickten, und ich konnte sogar einen Blick auf das Ufer des Widow Lake erhaschen, auch wenn ich nicht bis Mount Reign sehen konnte.

„Ich wollte dich schon immer hierher einladen", sagte Tanner, „aber ich war mir nicht sicher, ob es dir gefallen würde."

Ich lachte. „Warum das?"

„Ich weiß, du hast gesagt, du hast früher ein gehobenes Restaurant geführt, also dachte ich, du wärst wählerisch. Ich schätze, ein Teil von mir dachte, Kleinstadtküche würde nicht mit dem mithalten können, was du gewohnt bist, und ich wollte nicht, dass du deswegen weniger von Eastwind hältst."

Autsch. Seine Annahme war nicht weit von der Wahrheit entfernt. Aber das würde ich ihm nicht sagen. „Ich würde Eastwind nicht schlechter finden, nur weil mir ein Restaurant nicht gefällt."

„Aber es ist nicht nur ein Restaurant. Es ist unser einziges schickes Restaurant."

„Was ist mit Franco's Pizza?"

Wir starrten uns einen Moment an, bevor wir beide den Kopf schüttelten. „Nee", sagte er.

„Ja, du hast recht. Es ist nicht so schick." Ich schob mir noch eine gefüllte Feige in den Mund und genoss sie. „Also, ich finde diesen Laden großartig. Eine Stadt braucht nicht viele schicke Restaurants, wenn sie es beim ersten Versuch schafft."

Der Kellner, Zander, ein junger Werbär aus Darius Pines Umfeld, nahm die Flasche Weißwein aus dem Eiskübel auf einem kleinen Ständer neben uns, füllte unsere Gläser nach und verschwand dann wieder. Das Restaurant, in dem es nur ein Dutzend Tische gab, war zu dieser Stunde voll, aber ich erkannte viele der Gesichter nicht. Es gab nicht viele Überschneidungen zwischen den Gästen hier und denen, die ich im Medium Rare gesehen hatte. Außer Hyacinth und James Bouquet. Aber es schien, als hätte James den gesunden Menschenverstand, seine Frau davon abzuhalten, uns anzusprechen, als wir eine halbe Stunde zuvor unsere Plätze eingenommen hatten.

Nach einem weiteren Schluck Wein sagte ich: „Wir sind doch nur hier, um zu reden, oder?"

Er nickte. „Es sei denn … ich wette, wir finden irgendwo ein Badezimmer oder einen Abstellraum, um …"

Ich hob eine Hand. „Nein, fürs Erste reicht Reden." Es hatte keinen Sinn, ihn aufgeregt werden zu lassen, wenn das, was ich gleich sagen würde, ihn wahrscheinlich runterziehen würde. „Ich meine, ich wollte es nur wissen, weil ich dich was fragen will, und ich weiß, dass es unsicher klingen wird, aber, na ja, es war ein langer Tag, und ich schätze, meine übliche Selbstsicherheit war dahin, als ich in Graf Malavics Schlafzimmer aufgewacht bin." Mir wurde klar, was ich gerade gesagt hatte, und ich fügte hinzu: „Nicht das, was du denkst. Dazu komme ich gleich."

Er starrte mich mit offenem Mund an. „Ähm, okay, ja. Aber mach weiter."

„Warum ich?"

Tanner blinzelte. „Was meinst du? Warum du was?"

„Von allen in Eastwind. Warum hast du dich für mich entschieden? Ich bin ein Workaholic, ich kann es nicht wirklich lassen, mich in die Angelegenheiten anderer Leute einzumischen, ich bin nicht süß und modisch wie Zoe oder klein und umwerfend wie Eva. Ich bin nicht einmal so tödlich verführerisch wie Jane. Eastwind hat vielleicht nicht genug schicke Restaurants, aber reichlich umwerfende, interessante, intelligente Frauen."

Er legte seine Hand auf den Tisch und ich nahm sie in meine. Er beugte sich vor und sah mir fast trotzig in die Augen. „Du fragst mich, warum ich in dich verliebt bin?"

Die Luft in meinen Lungen wurde schwer, und ich schaffte es gerade noch, zu verhindern, dass mir der Mund offen stehen blieb, aber ich glaube nicht, dass ich den Schock in meinen Augen so gut verbergen konnte. „Du … ähm, ja, ich schätze, das ist es, was ich frage." War das der Punkt, an dem ich es erwidern sollte? Er ließ mir nicht viel Zeit dafür, und ich war eigentlich dankbar, weil ich nicht sicher war, was ich darauf geantwortet hätte. Ich beschloss, dass es das Beste war, den Mund zu halten und ihn meine Frage beantworten zu lassen.

Und dabei nicht ohnmächtig zu werden. Würden die Pillen von Pixie Mixie helfen, zu verhindern, dass sich der Raum so drehte, wie er es tat? Ich würde es auf jeden Fall versuchen, wenn ich die Gelegenheit dazu hätte, mir eine einzuwerfen.

„Ich liebe dich, Nora Ashcroft, weil ich nicht anders kann, als dich zu lieben. Ich wusste es, als du das Medium Rare das erste Mal betreten hast, und jeder Moment, den ich mit dir verbringe, bestätigt es nur. Du bist intelligent, mutig, ehrlich, aufrichtig und wunderschön. Du bist wie ein Rätsel, das ich lösen möchte, aber ich weiß, dass ich es nie lösen werde. Und ich will es weiter versuchen. Ich weiß, dass ich jemanden wie dich nicht verdiene, aber verdammt, Nora, ich werde alles in meiner Macht Stehende tun, um dich zu behalten." Er hob meine Hand an seine Lippen und küsste sie sanft.

Sag was, Nora!

Jetzt war ich an der Reihe, etwas zu sagen.

„Ich –" Ich *was?* Ich liebte ihn auch? Tat ich das? Oder vielleicht wollte ich gerade sagen: *Ich habe Donovan geküsst.* Die Chancen standen fifty-fifty, also war ich froh, dass ich nicht weitergesprochen hatte.

Er lächelte und drückte meine Hand. „Du musst es nicht sagen, Nora. Es ist okay. Paare verlieben sich nicht immer gleich schnell. Aber ich möchte, dass du weißt, was ich fühle. Normalerweise bin ich nicht gut darin, Gefühle auszudrücken, aber du bedeutest mir so viel."

Ich nickte stumm. Aber als der Druck nachließ, die Worte zu erwidern, erkannte ich zwei Dinge.

Erstens liebte ich Tanner. Zumindest war ich mir in diesem Punkt so sicher, wie ich nur sein konnte. Ich würde so ziemlich alles für ihn tun. Und ich wusste, er würde dasselbe für mich tun. Außerdem wollte ich ihm die meiste Zeit die Kleider vom Leib reißen. Wenn das keine Liebe war, wusste ich nicht, was dann.

Aber das war nicht weit entfernt von dem, was ich die meiste Zeit für Donovan empfand. Ich empfand es nicht so stark wie für Tanner, und es war immer von riesigen Warnlampen begleitet. Und das brachte mich zu der zweiten Sache, die mir klar wurde:

Ich konnte Tanner nicht sagen, was ich für ihn empfand, bis ich ihm von Donovan erzählt hatte. Das war mir genauso klar wie die Sache mit der Liebe. Ich wollte ihm keine Hoffnung machen, indem ich ihm sagte, dass ich ihn liebte, nur um ihn gleich darauf eins mit der Wahrheit überzubraten. Nein, ich musste den Mut aufbringen. Vielleicht schützte ich ihn, indem ich ihm nicht die Wahrheit sagte, aber es war nicht ehrlich. Und am Ende schützte es mich nur vor der Möglichkeit, dass er mich verlassen, seinen Anteil am Medium Rare verkaufen und nie wieder mit mir oder seinem besten Freund sprechen würde. Zumindest war das das schlimmste Szenario, das ich mir vorstellen konnte.

„Es tut mir leid, Tanner. Ich möchte es erwidern, aber –"

Er legte seine andere Hand auf meine. „Ich habe es dir gesagt. Du musst es nicht sofort sagen. Wirklich. Es würde mir mehr bedeuten, wenn ich wüsste, dass du es hundertprozentig ernst meinst." Er lachte leise. „Das Letzte, was ich will, ist, es zu hören, weil du dich unter Druck gesetzt fühlst und dich dann tagelang fragen musst, ob du es wirklich so gemeint hast oder ob du nur nett sein wolltest. Wie auch immer, lass uns über was anderes reden."

„Okay."

„Wie wäre es, wenn du mir die Geschichte erzählst, wie du in Graf Malavics Schlafzimmer aufgewacht bist?"

In seinen Worten war keine Spur von Eifersucht oder Misstrauen, und ich schätzte das mehr, als ich in Worte fassen konnte. Anstatt also zu versuchen, das auszudrücken, stürzte ich mich in die Geschichte meines Ausflugs mit Deputy Manchester und Grim (den ich nicht zum Abendessen eingeladen hatte) früher an diesem Nachmittag.

Nachdem ich ihn auf den neuesten Stand gebracht hatte, waren seine ersten Worte: „Es war nicht Liberty.“

„Warum sagst du das?“

„Du hast ihn kennengelernt, Nora. Er ist einfach ... Er ist so unglaublich sympathisch, weißt du?“

„Dann denkst du, dass es Oliver war?“

Tanner lachte. „Auf keinen Fall war es Oliver. Weißt du, ein Lehrer hat ihn einmal im Unterricht gerügt, weil er vergessen hatte, seinen Namen oben auf seinen Aufsatz zu schreiben, und er hat danach so geweint, dass seine Mutter ihn abholen musste. Er war untröstlich.“

Ich blinzelte entsetzt. Armer Oliver. Nicht nur, weil er so angespannt war, sondern weil er in einer Stadt lebte, in der sich jeder an die schlimmsten seiner Kindheitsmomente erinnerte. „Ich meine, ich war auch in der Grundschule nicht die ausgeglichenste.“

Tanner schüttelte den Kopf. „Nicht in der Grundschule. Das war ungefähr zwei Wochen vor den Mancer-Prüfungen.“

„Guter Golem“, sagte ich. „Vielleicht war er gestresst?“

Tanner schmunzelte. „Oh, das stimmt. Ich habe noch nie jemanden gesehen, der *gestresster* war. Weißt du, dass er bei seinen Mancer-Prüfungen die Höchstpunktzahl um einen Punkt verpasst hat?“

„Das habe ich gehört.“

„Danach ist er für ungefähr drei Monate untergetaucht. Warum sollte sich jemand verkriechen, nachdem er die höchste Punktzahl in der Geschichte von Eastwind erreicht hat? Pfff. Das ist es nicht wert, so schlau zu sein, wenn du mich fragst.“

Zander brachte noch eine Runde Tapas vorbei, und ich sagte: „Aber es muss entweder Liberty oder Oliver sein.“

Tanner schob sich einen der kleinen frittierten Leckerbissen in den Mund, kaute und genoss kurz den Geschmack. „Warum muss es einer von ihnen sein?“

„Weil wir sonst keine Verdächtigen haben.“

„Wir?“ Er zog eine Augenbraue hoch, und ich verdrehte die Augen.

„Stu. Stu hat sonst keine Verdächtigen mehr. Zufrieden?“ Ich konnte mir ein Grinsen jedoch nicht verkneifen. Ja, er hatte mich erwischt, aber wenn jemand verstand, wie schwer es war, meine Nase nicht da reinzustecken, dann war es Tanner. Der Mann, der mich liebte.

Kapitel Elf

Am nächsten Abend, als ich nach unserer Nachhilfestunde mit Oliver auf die Veranda trat und die Tür hinter mir schloss, wusste ich, dass mir ein unangenehmes Gespräch bevorstand. Stu hatte zugestimmt, mit Liberty Freeman zu sprechen, und obwohl ich es satthatte, in dieser Stadt Rätsel zu lösen, dachte ich, ich könnte Oliver genauso gut ein paar Fragen zuwerfen, da wir sowieso vorhatten, uns zu treffen.

„Versuch es heute Abend einfach noch ein Dutzend Mal mit dem Luftschreibezauber", sagte er, „dann hast du's."

„Richtig. Werd' ich machen."

Er war allerdings unrealistisch. Ich würde mindestens hundert weitere Versuche brauchen, bevor ich auch nur ein einfaches schimmerndes O mit meinem Zauberstab in die Luft schreiben könnte.

„Großartig. Gute Nacht." Er wandte sich zum Gehen.

„Oliver, warte."

Er hielt inne, einen Fuß über der ersten Stufe, und blickte über die Schulter zu mir zurück. „Ja?" Er blinzelte mich an, als wäre ich eine mathematische Gleichung.

„Ich wollte dich nach gestern fragen."

Er schüttelte vage den Kopf. „Was ist mit gestern?" Er kehrte auf die Veranda zurück und kam näher.

„Im Schloss des Grafen Malavic. Als ich an dir vorbeigekommen bin, als du gerade gegangen bist."

Oliver lachte verlegen. „Wovon redest du?"

„Ähm, gestern Nachmittag. Manchester und ich waren auf dem Weg zu Malavics Schloss auf Mount Reign, und wir haben dich gesehen. Ich habe Hallo gesagt und ... nichts von dem, was ich sage, sagt dir etwas?"

Er runzelte die Stirn und starrte mich mit seinen dunklen, zusammengekniffenen Augen an. „Geht's dir gut?"

„Oliver. Komm schon! Ich habe dich da gesehen."

Er blinzelte ein paarmal und starrte auf die alten Bretter unter seinen Füßen. „Wann war das?"

„Vielleicht gegen vier oder fünf."

Er kniff die Augen noch mehr zusammen. „Gestern, sagst du?"

„Ja, Oliver." Ich versuchte, nicht ungeduldig zu werden, aber das ergab keinen Sinn. Warum tat er so, als wäre er nicht da gewesen? Wenn das nicht verdächtig war, was dann? Und tief in meinem Inneren wollte ich nicht, dass er es war, der den Grafen begraben hatte. Ich mochte meinen Tutor zufällig und wollte nicht zusehen, wie ihn irgendein ewiger Vampir-Junggeselle jagte.

„Ich bin mir ziemlich sicher, dass ich zu dieser Zeit ein Nickerchen gemacht habe."

„Ein Nickerchen?"

„Ja. Ich wollte das eigentlich nicht, aber ich habe mich in meinem Wohnzimmer auf eine Unterrichtsstunde mit Zoe vorbereitet, und das ist das Letzte, woran ich mich erinnere. Ich nehme an, ich habe mich auf das Sofa gelegt und bin versehentlich eingeschlafen. Dann bin ich ein paar Stunden später aufgewacht und musste zum Tierheim rennen, um pünktlich für ihren Unterricht da zu sein."

„Ah." Ich konnte seinen Blick auf mir spüren, während ich versuchte, mich für eine neue Herangehensweise zu entscheiden. „Okay, also lass mich dir erzählen, was ich gestern gesehen habe", sagte ich.

Als ich fertig war, erwiderte er: „Hm." Dann packte er eine seiner Schultern, drückte sie, als wollte er sie massieren, und sagte: „Ich glaube dir, aber das heißt nicht, dass es einen Sinn ergibt. Und hast du Graf Malavic gesehen? War er zu Hause?"

„Oh ja, wir haben ihn gesehen. Er war in seinem Sarg, begraben unter einem riesigen Haufen frischer Erde."

Oliver lachte, als er sagte: „Was? Warum sollte ihm jemand sowas antun? Das ergibt keinen Sinn."

„Ich weiß", sagte ich.

„Ehrlich gesagt klingt es eher nach einem Streich, den jemand einem Vampir spielen könnte, als nach einem echten Angriff."

„Daran hatte ich nicht gedacht, aber du könntest recht haben. Also, ähm, hättest du einen Grund, Graf Malavic einen Streich zu spielen?"

Er seufzte und schüttelte den Kopf.

„Nicht einmal, wenn du zum Beispiel eine bestimmte Hexe irgendwie magst und sie dich hat abblitzen lassen, bevor sie davongeeilt ist, um Sebastian auf einen Kaffee zu treffen?"

Selbst im Mondlicht konnte ich sehen, wie Olivers Gesicht blass wurde. Er schluckte hörbar. „Sie hat dir davon erzählt?"

„Ja, tut mir leid."

Er blinzelte schnell und richtete den Kragen seines Hemdes, wobei er leicht sein Kinn hob. „Nein, es ist okay. Es ist mir nicht peinlich."

„Das sollte es auch nicht sein. Ich bin stolz auf dich, weil du es gewagt hast."

„Nicht das erste Mal, dass mich eine Frau wegen eines anderen Mannes abgewiesen hat."

Armer Kerl. „Ich glaube, du hast die Situation falsch eingeschätzt. Als ich mit ihr gesprochen habe, hat sie gesagt – nun, du solltest nochmal mit ihr darüber reden. Ich werde nicht den Heiratsvermittler für euch beide spielen."

Er runzelte die Stirn. „Heiratsvermittler? Aber das bedeutet, dass du glaubst, es besteht die Möglichkeit, dass ... Oh. Ohh!" Er konnte ein jungenhaftes Grinsen kaum unterdrücken.

„Du schwörst, dass du nicht derjenige warst, der Graf Malavic begraben hat? Oder wenn doch, dass du dich nicht daran erinnerst?"

„Ja, ich schätze, ich kann beides beschwören."

„Und ich muss das fragen, nur um die Sache zu klären." Ich hob beschwichtigend die Hände. „Du hast nicht versucht, Zoe zu ertränken, oder?"

„Nora!"

„Ich weiß, ich weiß. Aber du sagst mir immer, ich soll gründlicher sein, also mache ich das."

Seine Miene wurde weicher. „Stimmt. Nein, ich würde nie versuchen ... ich kann es nicht einmal aussprechen. Ich würde ihr niemals wehtun. Punkt."

„Ich glaube dir."

Wir sprachen nicht weiter darüber, weil ich ihm wirklich glaubte. Zumindest die Sache mit Zoe. Ich hatte meine Zweifel, was Graf Malavic anging. Es war einfach zu seltsam, dass Oliver gerade gegangen war, als wir ankamen, und er sich an nichts erinnerte. Genauso wie Zoe sich nicht daran erinnerte, was zwischen dem Zeitpunkt passiert war, als sie Graf Malavic verlassen hatte, und dem Zeitpunkt, nachdem sie aus dem Brunnen gezogen worden und aufgewacht war. Konnte Graf Malavic Leute hypnotisieren? Das ergab keinen Sinn.

Als ich wieder ins Haus kam, räumte Ruby die letzten

Stücke der Laterne auf, die ich versehentlich zerbrochen hatte, als ich während der Löschübung niesen musste. „Tut mir leid", sagte ich zum zwanzigsten Mal, seit es passiert war.

Sie fegte die letzten Glasscherben auf ein Kehrblech, ohne Magie zu benutzen, was mir verriet, dass ihr die ganze Sache wahrscheinlich Spaß machte, und sagte: „Schluss mit den Entschuldigungen. Warum bist du so lange mit Oliver draußen gewesen? Du bist doch nicht in ihn verliebt, oder?"

„Was?" Ich musste lachen.

„Ich mein' ja nur. Erst ist es Tanner, und das verstehe ich, denn Tanner ist der beste junge Mann, den ich kenne. Aber dann stolperst du über dich selbst wegen Donovan Stringfellow, was ich oberflächlich betrachtet verstehe. Aber er bedeutet eine Menge Ärger, findest du nicht?"

Ich erstarrte mitten im Zimmer. „Woher weißt du von Donovan?"

„Die größere Frage ist, warum Tanner es *nicht* weiß? Ah, Nichtwahrhabenwollen ist eine wunderbare Sache."

„Wann hast du … Wie …"

„Ich wusste, dass es eine Möglichkeit war, als du gesagt hast, du würdest ein Verbindungsritual mit ihm durchführen. Ich dachte, es würde schnell vorübergehen. Restgefühle von solchen Dingen halten normalerweise nur etwa 48 Stunden an, dann ist alles wieder wie zuvor. Aber dann seid ihr beiden in dieser Nacht hier reingeplatzt und habt die Tür hinter euch zugeschlagen. Das hat mich aufgeweckt, also habe ich beschlossen, ein bisschen zu lauschen. Schließlich ist das mein Haus."

Ich schob mich weiter ins Wohnzimmer. „Warte. Die Restgefühle sollten doch lange weg sein? Die Dinge, die ich fühle – ich meine, seine Gefühle kommen nicht daher?"

„Sehr unwahrscheinlich. Obwohl ich nie etwas ausschließe, wenn es um Magie geht. Und wie du langsam lernst, ist unsere so ziemlich die mächtigste Magie, die es gibt. Was ist schließlich die eine Sache, über die jedes Lebewesen Macht haben will? Du brauchst nicht zu raten, ich sage es dir: der Tod. Er gibt uns allen immer das Gefühl, machtlos zu sein. Er ist auch die treibende Kraft, die uns am meisten Macht verleiht, weil wir wissen, dass es irgendwo eine Ziellinie gibt und alles, was wir jemals tun wollen, abgeschlossen sein muss, bevor wir dort ankommen. Der Tod ist das, was das Leben so besonders macht, und du und ich haben das Glück, so tun zu können, als hätten wir eine gewisse Kontrolle darüber.“

„Heißt das, dass Ted der mächtigste Einwohner von Eastwind ist?“

Ruby kicherte und leerte das Kehrblech in den Mülleimer, der nie voll wurde. „Nein, Liebes. Ted ist der irrelevanteste Einwohner von Eastwind. Hast du nicht gehört, was ich gerade gesagt habe? Das Ende macht uns genauso stark, wie es uns das Gefühl gibt, machtlos zu sein. Wenn der Tod nicht die eine oder andere Wirkung auf dich hat, wozu bist du dann gut?“

„Heißt das, dass Sebastian Malavic auch irrelevant ist?“ Schließlich war er untot. Der Tod hatte weniger Wirkung auf ihn als auf andere.

Ruby legte das Kehrblech beiseite und stützte die Hände auf ihre Hüften ... oder zumindest dort, wo ich ihre Hüften unter ihrer weiten Robe vermutete. „Ich fürchte, in vielerlei Hinsicht ist Sebastian Malavic die relevanteste Person in Eastwind. Schließlich ist er sterblich, es ist nur ein schwieriges Unterfangen, das seit Tausenden von Jahren niemand vollbracht hat. Und was noch wichtiger ist, er kann andere verwandeln, ihnen den Frieden des Todes auf unbestimmte Zeit rauben, sofern niemand eingreift, diese Ziellinie praktisch entfernen und dafür sorgen, dass man nie wiedergeboren wird.“ Sie schüttelte den Kopf und starrte auf den Boden. „Ich vermute aber, dass er sich irrelevant fühlt.“ Als sie ihre

Aufmerksamkeit wieder auf mich richtete, wirkte sie wieder ruhig. „Warum sonst sollte er so viel Geld in eine Stadt stecken, die ihm so wenig bedeutet? Geld ist Macht, sogar in Eastwind. Und diejenigen, die versuchen, so viel Geld zu verteilen, tun normalerweise so, als würden sie ihre Macht abgeben, während sie in Wirklichkeit nur nach mehr suchen." Sie seufzte. „Du tust am besten daran, dich so weit wie möglich vom Grafen fernzuhalten. Ich nehme an, er ist mächtig fasziniert von dir und deinen Kräften."

„Wie kommst du darauf?"

„Weil er von mir und meinen mächtig fasziniert war, als ich nach Eastwind gekommen bin. Er hat mich in ziemliche Schwierigkeiten gebracht, denen ich nur knapp entkommen bin. Ich möchte nicht, dass du in dieselbe Falle tappst."

Das war etwas, worüber ich mehr wissen musste. Es überraschte mich immer, wenn Ruby auf ihre jüngeren Jahre in der Stadt anspielte, über die ich sehr wenig wusste.

„Das ist eine Geschichte für später", fuhr sie fort. „Ich gehe jetzt besser schlafen."

Das riss mich aus der Spur, der wir gefolgt waren, und brachte mich zurück auf den Hauptpfad meiner heutigen Untersuchung. „Warte, heute ist was mit dem Grafen passiert."

Sie blieb auf dem Weg zur Treppe stehen, ohne sich zu mir umzudrehen. Ich sah, wie sich ihre Schultern mit einem tiefen Seufzer hoben und senkten, bevor sie sich zu mir umdrehte. „Soll ich noch eine Kanne Tee machen?"

Ich schnitt eine betretene Grimasse. „Wahrscheinlich."

Als wir wieder am Tisch saßen, eine Tasse heißen Tee zwischen meinen Händen, brachte ich sie auf den neuesten Stand. „Denkst du, es ist nur ein Zufall, dass sich weder Zoe noch Oliver erinnern können, was mit ihnen passiert ist?"

„Ein Zufall ist, wenn Hyacinth Bouquet und ich im Emporium dasselbe Sommerkleid tragen."

„Aber du trägst nie Sommerkleider.“

„Genau. So unwahrscheinlich ist ein echter Zufall. Also, nein, ich glaube nicht, dass das einer ist.“

„Was denkst du, ist der Grund? Könnten sie besessen sein?“

Ruby zuckte mit den Schultern. „Sag du es mir. Sah Oliver besessen aus? Du weißt, wie er in diesem Zustand wirkt.“

„Stimmt, aber ich war nicht nah genug, um es sehen zu können. Stu ist zu ihm gegangen und hat mit ihm gesprochen, und ich habe gewartet.“

„Meine erste Vermutung wäre nicht Besessenheit. Wie ich schon sagte, kommt es ausgesprochen selten vor, dass Geister Besessenheit benutzen. Normalerweise können sie auch ohne sie erreichen, was sie wollen, und es kostet ziemlich viel Energie, einen Körper zu besetzen und ihn zu etwas zu zwingen, was er nicht tun will. Außerdem, warum sollte jemand von Zoe Besitz ergreifen, nur, um sie fast ertrinken zu lassen? Wenn in so kurzer Zeit zwei Hexen vergessen, wo sie sind, ist es wahrscheinlicher, dass es eine andere Hexe ist, die sie kontrolliert. Das habe ich schon oft erlebt.“

„Eine Hexe? Du glaubst, jemand aus dem Zirkel könnte dahinterstecken?“

Sie kicherte leise. „Eines Tages wirst du die Feinheiten lernen, wie diese Stadt funktioniert. Ja, Liebes, ich gehe immer davon aus, dass der Zirkel hinter dieser und allen anderen bösen Dingen steckt, die in Eastwind passieren. Es hat mir gutgetan, davon auszugehen, bis ich es widerlegen kann, bevor ich mich anderen Möglichkeiten zuwende. Es hat mir in diesem Beruf ziemlich viel Zeit gespart.“

„Dann sollte ich wohl zu einem Zirkeltreffen gehen, was?“

„Du wärst besser beraten, einen Scufflepuck im Ganzen zu verschlucken“, brummte sie. „Wenn sie dahinterstecken, wird dich die Teilnahme an ein paar Treffen nicht in den inneren

Zirkel bringen. Aber es wird dich dazu inspirieren, ein lustiges Hobby wie Alkoholismus anzufangen."

„Okay, also sagen wir, der Zirkel steckt dahinter. Warum würden sie Zoe und Oliver benutzen?"

Sie neigte den Kopf zur Seite wie ein neugieriger Welpe. „Das ist eine großartige Frage für einen Ermittler. Bist du ein Ermittler?" Sie zog eine Augenbraue hoch.

Höllenhunde! „Nein", murmelte ich. „Ich bin kein Ermittler. Das habe ich aufgegeben, weißt du noch?"

Sie grinste. „Ich wusste, dass du schlauer bist, als du aussiehst." Bevor ich noch etwas sagen konnte, stand sie auf und trug ihre Teetasse nach oben.

„Wenn du nur auch schlauer wärst, als du handelst", bemerkte Grim von seinem Platz am Kamin aus, *„dann würdest du bei deinen Ermittlungen vielleicht nicht ins Gras beißen."*

Ich stand ihm in seinem großzügigen Speisesaal gegenüber, aber ich wusste, dass er mich nicht sehen konnte. Ich war Zuschauer dieses Traums, wie in vielen anderen, die mich in letzter Zeit im Schlaf verfolgt hatten. Ich fühlte mich in diesem Raum willkommen, selbst als unsichtbarer Beobachter.

Er starrte unverwandt auf sein Huhn, während er es mit den Fingern auseinandernahm und allein und schweigend aß. Wer war er? Ich wusste es immer noch nicht. Oder besser gesagt, ich kannte ihn, wusste aber nicht, woher er kam oder wie er hieß. Das Dämmerlicht, das durch das Fenster hinter ihm schien, ließ ihn fast engelsgleich erscheinen. Er starrte intensiv durch diese türkisblauen Augen auf seinen Teller, die Hypotenuse seiner geraden Nase hinunter. Die Ärmel seiner Tunika aus weißem Leinen waren ungleichmäßig bis knapp unter den Ellbogen hochgekrempelt und entblößten starke

Unterarme, die sich minimal anspannten, während er sein Essen in mundgerechte Stücke riss und es zwischen seine rosigen Lippen schob. In früheren Träumen hatte ich ihn in verschiedenen Lebensabschnitten gesehen, die zu diesem führten, und ich vermutete, dass er trotz der tiefen Falten um seine Augen und der grauen Strähnen auf seinem Kopf und in seinem kurzen Bart um die dreißig war. Wer auch immer das war, er hatte mehr Jahre gelebt, als sein Alter vermuten ließ.

Der lange Tisch stand in der Mitte eines Raums mit hoher Decke, der nur vom Dämmerlicht erhellt wurde, das durch die trüben Fenster hinter ihm drang. Staub funkelte in der Luft um ihn herum.

Eine Tür wurde aufgerissen, und ein Mann in weit weniger eindrucksvoller Kleidung eilte herein. Der Mann am Tisch sah nicht auf, auch nicht, als der Diener neben ihm stehen blieb und zögerte, bevor er sagte: „Ich habe gerade Neuigkeiten erfahren. Es geht um sie."

Endlich sprach der Mann am Tisch. „Sie ist also ins nächste Leben übergegangen?"

Der Diener, sichtlich besorgt, verlagerte sein Gewicht auf den Füßen. „Aye."

„Danke."

Der Diener eilte aus dem Raum, doch der Mann wandte sich nicht wieder seinem Essen zu. Er blieb gebeugt und starrte darauf, seine Finger schwebten über dem Huhn, während Daumen und Zeigefinger in einer geistesabwesenden Geste aneinander rieben. Dann packte er den ganzen Teller und schleuderte ihn durch den Raum. Ich sprang zurück – er verfehlte mich nur um einen halben Meter. Das Essen flog in alle Richtungen, als der Teller an der Wand zerschellte, und als ich meine Aufmerksamkeit wieder dem Mann zuwandte, stand er da, sein schwerer Holzstuhl in einem seltsamen Winkel hinter ihm weggeschoben. Seine Brust hob und senkte sich, als er wie angewurzelt dastand und ins Leere starrte. Das Lachen eines Verurteilten stieg aus den Tiefen seiner Kehle, als er den Kopf zurückwarf, und sobald das unheimliche Geräusch verstummte, bemerkte ich, dass seine Augen feucht waren.

„Diana", flüsterte er. „Was ist mit dir passiert?" Und einen Moment später: „Egal. Meine Suche beginnt heute."

Ich fühlte mich jetzt zu ihm hingezogen. Und auf eine Weise, die man nur in Träumen erleben kann, war ich sofort auf der anderen Seite des Tisches, nur einen halben Meter von der Stelle entfernt, an der er zusammengebrochen war und zusammengesunken auf seinem Stuhl saß. Ich streckte die Hand aus. Ich musste ihn berühren, ihn wissen lassen, dass ich da war. Ich wusste nicht, wer Diana war, und so wie es klang, konnte sie nicht da sein, um ihn zu trösten. Aber ich konnte es.

Ich strich mit der Hand über seine Wange, und er schauderte, richtete sich auf und sah sich um, während er die Stelle berührte, an der gerade meine Hand gewesen war. „Geh noch nicht", sagte er. Konnte er mich jetzt sehen? Nein, er sah mich nicht an. Er sah neben mir ins Leere. Vielleicht konnte er mich nur spüren.

„Das werde ich nicht", versprach ich ihm. „Noch nicht. Aber ich kann nicht lange bleiben." Wenn dieser auch nur annähernd so war wie die anderen Träume, die ich mit diesem Mann geteilt hatte, würde er viel zu kurz sein.

Zu meiner Überraschung schien er mich zu hören. „Bleib so lange du kannst, meine Liebe, und wenn du gehst, werde ich dir folgen."

„Du kannst mir nicht folgen, wohin ich gehe."

„Ich kann, und ich werde es. Wir haben uns etwas geschworen – oder hast du es vergessen? Löscht der Tod die Erinnerung so schnell aus? Ich werde dich finden, egal, wie lange es dauert. Ich werde dich aufspüren, und wir werden zusammen sein in einem Leben, das es erlaubt, an einem Ort, der es erlaubt, egal, wie lange es dauert. Ich habe eine Ewigkeit, um unser Gelübde zu erfüllen, und ich habe nicht die Absicht, zu ruhen, außer der Ruhe, die ich bald in diesem elenden Leben finden werde."

„Wer bist du?", fragte ich. Wenn ich nur diese eine einfache Tatsache herausfinden könnte, wenn ich einen Namen finden könnte, könnte ich vielleicht anfangen, dieses Puzzle zusammenzusetzen.

„Du bist nur Tage, vielleicht Wochen weg und hast es schon vergessen? Zieh weiter, meine Liebe, anstatt in der Vergessenheit zu verweilen. Es ist, wie er gesagt hat, und das Wissen, dass du vergisst, ist schwerer zu ertragen als der Gedanke, dich über die Zeiten zu verlieren. Zieh weiter, Diana. Bitte."

„Noch nicht", flehte ich. „Sag es mir. Bitte hilf mir, es zu verstehen."

Er stand plötzlich auf, Wut lag in seinen Worten. „Zieh weiter! Ich kann mein Gelübde nicht erfüllen, wenn du zögerst! Geh!"

Als ich in meinem dunklen Schlafzimmer in Ruby Trues Haus aufwachte, schlug mein Herz in einem rasenden Stakkato in meiner Brust. Für einen kurzen Moment war die Welt still. Dann zerriss Grims Schnarchen die Stille, und der Zauber des Traums war gebrochen.

Und wieder einmal hatte ich mehr Fragen als Antworten. Aber ein Teil von mir begann zu vermuten, dass diese Träume von mehr als nur einem schlechten Gewissen angetrieben wurden.

Kapitel Zwölf

Ich wachte früher auf als sonst – lange vor Sonnenaufgang an den kürzer werdenden Tagen, als wir auf den September zumarschierten. Das Wetter war schön, und ich musste über vieles aus den letzten Tagen nachdenken, also machte ich mich früh auf den Weg zum Medium Rare und ließ mir viel Zeit zum Spazierengehen anstatt meiner üblichen morgendlichen Hektik.

Zeitungen lagen schon vor den Türen, und ich beugte mich über eine am Ende von Rubys Häuserreihe, um die Schlagzeile zu lesen: *Graf Malavic zu Hause angegriffen.*

Oh bitte. Konnten Lot Flufferbum und der Rest der Redaktion der *Eastwind Watch* noch reißerischer schreiben? Es war wohl kaum ein Angriff. Und in der Seitenspalte neben der Hauptschlagzeile stand: *Clementines Angreifer immer noch auf freiem Fuß.*

Zeitungen waren Zeitungen, egal in welcher Welt man sich befand. Wurde mein Name in der Malavic-Geschichte erwähnt? Ich überlegte, mir ein Exemplar zu schnappen, es aufzuschlagen (und es natürlich wieder zurückzulegen, sobald ich es gelesen hatte), aber dann überlegte ich es mir anders. Wenn mein Name in der Geschichte stünde, würde ich davon erfahren, sobald der Frühstücksansturm einsetzte. In der Zwischenzeit wollte ich einfach meinen ruhigen Spaziergang durch die dunklen Straßen von Eastwind genießen.

Das Wetter war perfekt – eher kühl und nicht zu drückend. Ich liebte es, wenn die Straßen so still waren, dass ich das leise Klatschen meiner Stiefelsohlen auf dem Kopfsteinpflaster und den Wind hören konnte, der durch die Bäume entlang der Allee strich. Ich ging durch den Fulcrum Park und entdeckte Darius Pine am anderen Ende. Der Anführer der Werbären war wahrscheinlich auf dem Rückweg von einem Ausflug in die Deadwoods. Ich hob eine Hand, und er nickte, aber wir sagten nichts weiter. Es schien, als wollte auch er die Stille dieses schönen Morgens nicht stören.

Der Fulcrum Fountain sprudelte träge, als ich vorbeiging, und es war seltsam, dass man ihm nicht ansah, dass vor weniger als einer Woche jemand mit dem Gesicht nach unten darin treibend gefunden worden war.

Ich verdrängte den Gedanken. Ich wollte, dass dies ein friedlicher und meditativer –

Oh, süßes Baby-Jackalope!

Eine dicke Rauchwolke stieg vor mir in den Himmel, in Richtung des Medium Rare.

Nein, nein, nein!

Ich rannte los. War niemand dort? Nicht einmal Bryant, der die Nachtschicht arbeitete, oder Hendrix Hardy, der in einer Sitznische schlief, neben ihm eine Tasse Kaffee, die langsam kalt wurde?

Warum, warum, warum?

Die Gebäude auf beiden Seiten der Straße wurden weniger, als ich die Outskirts betrat.

Als das Medium Rare in Sicht kam, das absolut nicht brannte, musste ich innehalten, um die Lage neu zu bewerten.

Etwas brannte, aber es war nicht das Diner. Ich schlich herum, näher an die Deadwoods heran, und als ich um die Ecke bog, sah ich es. Tatsächlich spürte ich fast die Hitze, bevor meine Augen registrierten, was es war.

Ich ging näher, angezogen vom Schein des brennenden Scheiterhaufens, der gut zwei Meter hoch war. Er stand auf halbem Weg zwischen den Deadwoods und dem Medium Rare auf der Wiese. Eine Bewegung dahinter, direkt an der Baumgrenze, erregte meine Aufmerksamkeit, und im Schein des Feuers hätte ich schwören können, dass ich jemanden sah, den ich erkannte und der in die Schatten schlüpfte.

Sie? Was machte *sie* hier? Lief sie mit Gabriel in den Deadwoods? Aber das würde keinen Sinn ergeben. Sie war kein Werbär.

Dann überwältigte mich die Vision, und die Hitze des Feuers wurde intensiver, weil es unter mir war. Direkt unter mir leckte es an meinen Knöcheln und ließ meine Fußsohlen kochen. Ich schrie, geblendet vom sengenden Schmerz.

Dann beobachtete ich es plötzlich, genau wie in den anderen Visionen. Die Frau auf dem Scheiterhaufen sah mir nicht unähnlich. Ihr Haar hatte einen dunkleren Braunton, und von dort, wo ich stand, konnte ich gerade noch die Sommersprossen auf ihren blassen Wangen erkennen. Es fühlte sich pervers an, so ein persönliches Detail über jemanden in den Momenten vor seinem Tod zu bemerken. Während ich in der dichten Menge der Zuschauer stand, konnte ich die Flammen an meinen Beinen emporlecken und meine Fußsohlen kochen fühlen.

„Nora! *Nora*!“

Mein Körper zitterte.

Nein, das war es nicht ganz.

Mein Körper wurde geschüttelt. Ja. Das.

Ich öffnete meine Augen, von denen ich nicht bemerkt hatte, dass ich sie geschlossen hatte, und starrte in Tanners haselnussbraune Augen. Erleichterung überflutete seinen angespannten Gesichtsausdruck, während ich langsam blinzelte und versuchte, mich an die neue Umgebung und den plötzlichen Ruck aus der alten zu gewöhnen.

Der Scheiterhaufen vor mir war zu einem Haufen brennender Holzscheite zusammengefallen. Wie lange hatte ich hier draußen gelegen?

Tanner drückte mich an seine harte Brust. „Gute Mutter Erde, Nora.“ Seine Stimme brach, und er wiegte mich behutsam in seinen Armen. „Ich habe mir solche Sorgen gemacht. Ich dachte ... na ja, ich weiß nicht, was ich dachte.“ Er hielt mich nicht mehr ganz so fest, ließ mich aber nicht aufstehen. „Bist du verletzt? Das hätte ich zuerst überprüfen sollen. Kannst du sprechen?“

„Ja, ich kann sprechen“, sagte ich, aber es klang heiser. Ich hustete. Rauch musste in meine Lunge gelangt sein. „Mir geht's gut.“ Obwohl meine Füße noch immer bei der Erinnerung an die Vision schmerzten.

„Kannst du laufen?“

„Ich wüsste nicht, warum nicht.“

„Lass uns dich reinbringen.“

Aber als ich versuchte aufzustehen, bemerkte ich, dass Laufen nicht in Frage kam. Ich schrie auf, als ich Druck auf meine Fußsohlen ausübte. Sie fühlten sich an, als wären sie voller Blasen, aber das war sicher nur Restenergie der Vision. Dennoch ... „Ich glaube, du musst mich tragen.“

Ich musste nicht erklären, warum, oder ihn noch einmal bitten, bevor Tanner mich in seine Arme hob und mich ins Medium Rare trug.

Wir gingen durch die Hintertür hinein, und er brachte mich

direkt ins Büro und setzte mich sanft auf den Stuhl. „Kann ich dir irgendwas bringen? Wie kann ich dir helfen?" Die Verzweiflung in seiner Stimme brach mir das Herz.

„Könntest du …" Ich zeigte auf meine Stiefel. „Die vielleicht einfach für mich aufschnüren?"

Er ging schnell in die Hocke, und ich fügte hinzu: „Vorsichtig, bitte."

Er nickte und lockerte meine Schnürsenkel, als versuchte er, eine Bombe zu entschärfen. Als er fertig war, sagte er: „Soll ich sie dir ausziehen? Ich werde vorsichtig sein."

Ich nickte und machte mich auf den Schmerz gefasst, packte die Armlehnen des Stuhls und drückte sie, während seine langsamen Bewegungen fürchterliche Schmerzen verursachten. Dann waren sie endlich beide ausgezogen.

„Socken?", fragte er, und ich nickte mit Tränen in den Augen.

Er zog die Erste aus und keuchte. „Nora! Was zum Teufel ist passiert?" Er sah zu mir auf, kaute auf seiner Lippe und zog die Brauen zusammen.

„Was ist?"

„Deine Füße sind voller Blasen."

„Im Ernst?" Ich beugte die Knie und schlug ein Bein über das andere, um meine Fußsohlen zu untersuchen. Tatsächlich war der Schmerz nicht nur in meinem Kopf. „Heiliger Wandler!"

Tanner wollte nicht warten, bis Deputy Manchester zu seiner üblichen Zeit hereinkam, wie ich vorgeschlagen hatte. Stattdessen hatte er sofort eine Eule geschickt, als ich ihm von der Vision erzählte. Ich hatte nicht einmal die Gelegenheit zu erklären, was ich gesehen hatte oder wen. Ich konnte es einfach nicht begreifen. Warum sollte sie einen Scheiterhaufen vor dem Medium Rare errichten? Und wie kam es, dass meine Füße voller Blasen waren?

Als Tanner zurückkam, setzte er sich auf den Boden neben meine Füße, wo ich im Büro wartete, und starrte mich an, als würde er seine Augen nie wieder von mir abwenden. „Ich mache mir Sorgen", sagte er.

„Ja, ich mir irgendwie auch."

Er streckte die Hand aus und nahm meine Hände. „Nora, als ich dich da draußen gesehen habe, bin ich zusammengebrochen … Ich weiß nicht, was ich tun würde, wenn ich dich verlieren würde. Ich glaube nicht, dass ich es ertragen könnte, noch jemanden zu verlieren, den ich liebe." Seine Finger schlossen sich fester um meine. „Du bist die erste Frau, für die ich so empfinde, und … ich habe das Gefühl, ich muss reinen Tisch machen."

„Ähm … reinen Tisch machen?" Oh nein. Das war nie gut.

„Vielleicht ist jetzt nicht der richtige Zeitpunkt, es zu erwähnen, aber für einen Moment, als ich dachte, du könntest … Ich konnte nur daran denken, wie dumm ich gewesen bin. Ich habe auf meine Eifersucht so viel Energie verschwendet, die ich dir hätte widmen sollen."

„Eifersucht?", sagte ich und musste fast über die Wendung lachen. „Wovon redest du?"

Er konnte mir nicht in die Augen sehen, also richtete er seine Aufmerksamkeit auf meine Hand, die er hielt. „Ich weiß nicht, was mit mir los ist. Ich war noch nie so. Ich schätze, ich habe nicht gemerkt, wie viel Angst ich hatte, dich zu verlieren. Aber in letzter Zeit gab es Gelegenheiten, bei denen ich kaum klar denken konnte, weil ich wusste, dass du Zeit mit einem anderen Mann verbringst. Es ist nicht so, dass ich dir nicht vertraue, sondern dass ich nicht verstehe, was du in mir siehst. Du verdienst jemanden, der klug ist, wie Oliver. Nein, du verdienst sogar noch Besseres. Ehrlich gesagt, niemand in Eastwind verdient dich, mich eingeschlossen."

Er hielt inne. „Manchmal habe ich das Gefühl, verrückt zu werden, als ob ich den Verstand verliere, wenn diese Eifersucht zuschlägt. Verdammt, Nora, ich habe Stunden damit verbracht, mich zu fragen, ob du hinter meinem Rücken mit … Gaia, es ist mir peinlich, es überhaupt auszusprechen …"

„Das musst du nicht", sagte ich so schnell ich konnte. Denn ich wusste, was er sagen würde.

Ich seufzte. Ich war nicht gut darin, über Gefühle zu sprechen (okay, ich war schrecklich darin), aber ich wusste, wie man eine Gelegenheit erkennt, wenn sie sich bietet, und das war ganz offensichtlich meine bisher beste Gelegenheit, die Karten über das auf den Tisch zu legen, was zwischen Donovan und mir vorgefallen war. Endlich war mir klar: Tanner hatte es verdient, es zu wissen und auf Grundlage aller Fakten zu entscheiden, wie es weiterging. Zuzusehen, wie er sich selbst fertigmachte, weil er eifersüchtig auf etwas war, und das zu Recht, war einfach zu viel. Ich musste ihm sagen, was ich wirklich empfand, und vorher musste er erfahren, was in den Deadwoods passiert war. „Tanner, da ist was, das ich dir schon lange sagen wollte –"

„Culpepper? Bist du hier?"

Ich schloss die Augen, um nicht von Deputy Manchesters Stimme gestört zu werden, als er durch die Hintertür hereinstürmte.

„Halt den Gedanken fest", sagte Tanner, als er aufstand, um den Deputy ins Büro zu bringen.

Als beide Männer einen Moment später zurückkamen und Stus Augen mich vom Kopf abwärts musterten, bemerkte der Werelch meine Füße, quietschte „Zwanzig Zinken!" und trat einen schnellen Schritt zurück.

„Ja", sagte ich. „Ich könnte ein bisschen Erste Hilfe gebrauchen."

Stu schluckte schwer, und seine Mundwinkel verzogen sich nach unten, während er weiter auf meine mit Blasen übersäten Füße starrte. „Und zweite und dritte Hilfe, wenn ich das sagen darf. Was ist passiert?"

Ich erzählte ihm, was ich wusste, und erklärte auch die Vision ausführlich.

Tanner lehnte sich an den Türrahmen, während Stu sich am Kopf kratzte. „Ich weiß nicht viel über Visionen. Das wäre eher eine Sache für Ruby. Ist es möglich, dass Sie in einen dieser Zustände geraten sind, in denen Zoe war, und, ich weiß nicht, Ihre Füße ins Feuer gehalten haben?"

„Alles ist möglich, schätze ich."

Stu fragte: „Haben Sie schon mit Mr. Bridgewater gesprochen?"

„Ja. Wenn er was damit zu tun hat, weiß er sicher nichts davon."

Stu nickte. „Das hatte ich befürchtet. Liberty hat auch nichts Neues beigetragen, als ich hingegangen bin und mit ihm gesprochen habe. Mann, der Typ ist einfach so verdammt sympathisch!"

„Nicht wahr?", sagte Tanner lächelnd. Seine Begeisterung schmolz zu Nachdenklichkeit, und nach einem Moment der Stille fügte er hinzu: „Ich verstehe es einfach nicht. Warum sollte jemand einen großen Pflock in den Boden rammen und ihn anzünden? Was soll das bringen?"

Stu nickte. „Und wer würde das tun?"

Ich hob meine Hand leicht von meinem Schoß. „Da habe ich vielleicht eine Idee. Kurz bevor ich in die Vision gerutscht bin, hätte ich schwören können, dass ich Evangeline Moody in den Wald davonschleichen sah."

„Evangeline?", sagten sowohl Tanner als auch Stu.

Stu fügte hinzu: „Glauben Sie, sie hat den Stock angezündet?"

Und Tanner ergänzte: „Nein, nicht Eva. Sie hat nicht den geringsten bösartigen Knochen im Leib."

„Moment", sagte Stu. „Wir wissen nicht, ob es in böser Absicht war. Wir wissen nicht einmal, warum jemand sowas tun würde."

Plötzlich wurde mir klar, dass zwischen mir und den Männern eine riesige Kluft persönlicher Erfahrungen lag. Ich war auf der einen Seite und stellte eine Verbindung her, die mir offensichtlich war, und Tanner und Stu waren auf der anderen, ohne Kontext dafür, was ein brennender Scheiterhaufen bedeuten könnte. Vielleicht war die Geschichte hier nicht so verlaufen wie in meiner Heimatwelt. Das würde schließlich Sinn ergeben. Hexen waren dort, wo ich herkam, nicht gerade willkommen, aber hier bewegten sie sich durch die Stadt, als ob sie ihnen gehörte – weil es so ziemlich so war.

„In Eastwind gab es nie Hexenprozesse, oder?", fragte ich.

Tanner verzog das Gesicht. „Du meinst wie die Mancer-Prüfungen zum Abschluss?"

„Das glaube ich nicht." Zumindest hoffte ich, dass die Mancer-Prüfungen nichts mit den Hexenprozessen von Salem gemein hatten. „Nein, ich meine Leute, die andere Leute als Hexen beschuldigen und sie auf dem Scheiterhaufen verbrennen oder ertränken oder was auch immer sonst, um angeklagte Hexen zu töten."

Beide Männer starrten mich mit offenen Mündern an. Tanner fand seine Stimme als Erster wieder. „Das hat man dort gemacht, wo du herkommst? Meine Güte! Ich dachte immer, es wäre ein netter Ort, den wir eines Tages besuchen könnten, aber jetzt … nein, danke."

„Das machen sie nicht mehr", erklärte ich. „Zumindest nicht in meinem Land. Aber früher haben sie es gemacht."

„Was Sie beschreiben, Miss Ashcroft, wäre hier unglaublich illegal. Immer. Wir tolerieren keine offenen Vorurteile."

„Das ist ein eindeutiger Punkt für Eastwind, glauben Sie mir. Worauf ich hinaus will, ist, dass einen Holzpflock zu verbrennen hier nichts bedeutet. Ihr habt nicht den Kontext dafür. Es scheint völlig willkürlich. Aber für jemanden aus meiner Welt gibt es jede Menge Kontext. In jüngerer Vergangenheit auch mit brennenden Kreuzen."

„Warum würde jemand ein Kreuz verbrennen?", fragte Tanner. „Hat ein Kreuz irgendeine Bedeutung, die ich nicht verstehe?"

Ich kicherte. „Ja. In meiner Welt hat ein Kreuz eine enorme Bedeutung. Menschen leben und sterben dafür. Aber du verstehst nicht, was ich meine."

Stu nickte. „Ich glaube, ich verstehe, was Sie sagen, Miss Ashcroft. Nur jemand, der mit dem Kontext eines Scheiterhaufens vertraut ist, würde sich die Mühe machen, einen direkt vor dem Medium Rare anzuzünden. Und die einzigen Leute in dieser Stadt, die den Kontext kennen, wie Sie ihn beschrieben haben, sind Sie, Miss True und Miss Moody."

Ich musste daran denken, dass der Graf meine Anspielung auf Calvin Klein verstanden hatte, und fügte hinzu: „Und möglicherweise Graf Malavic. Ich weiß nicht, wie viel er über meine alte Welt weiß, aber er scheint *etwas* zu wissen."

„Interessant", sagte Deputy Manchester. „Dazu kann ich nichts sagen, aber Holzpflöcke haben für Vampire eine Bedeutung. Vielleicht wollte er eine Botschaft übermitteln?"

„Aber was ist mit Eva?", fragte ich.

Tanner stieß sich von der Wand ab, an die er sich lehnte, und trat vor. „Vielleicht war er es. Vielleicht hat der Graf einen Weg gefunden, Hexen zu kontrollieren, damit sie seinen Befehlen gehorchen."

„Jetzt mach aber mal halblang, Culpepper", sagte Stu und

legte eine Hand auf Tanners Schulter. „Lass uns keine voreiligen Schlüsse ziehen."

„Warum?", sagte Tanner. „Weil es zu unangenehm ist, darüber nachzudenken?"

Stu nickte. „Genau. Was du sagst, ist, dass Malavic Miss Clementine irgendwie dazu gebracht hat, sich ertränken zu wollen, dass Mr. Bridgewater ihn in seinem Sarg begrub und Miss Moody einen Scheiterhaufen vor Ihrem Restaurant angezündet hat. Das ist eine große Behauptung, und ehrlich gesagt gibt es keinen erkennbaren Zusammenhang zwischen diesen Fällen."

„Und nichts erklärt die Visionen", fügte ich hinzu und warf Tanner einen entschuldigenden Blick zu, weil ich seine Theorie anzweifelte. „Als ich mit Ruby über die ersten beiden Vorkommnisse gesprochen habe, hat sie gesagt, dass wahrscheinlich eine Hexe dahintersteckt. Wenn das der Fall ist und angesichts des brennenden Scheiterhaufens blieben nur ich, Ruby und Eva übrig. Ich hoffe, ihr beide schließt mich aus, und Ruby will so wenig Drama wie möglich in ihrem Leben, also kann ich mir nicht vorstellen, dass sie sowas tut."

Tanner schüttelte den Kopf. „Du musst Eva wirklich besser kennenlernen, Nora. Sie ist nett. Ich kann mir nicht vorstellen, dass sie sowas tut."

Ehrlich gesagt konnte ich mir das auch nicht vorstellen. Aber ich durfte die Möglichkeit nicht ausschließen. War ich eifersüchtig, weil sie in letzter Zeit so oft mit Donovan zusammen war? „Wartet", sagte ich. „Sie war ganz in der Nähe, als wir Zoe im Brunnen gefunden haben. Weißt du noch? Sie kam mit Donovan aus Franco's Pizza angerannt. Und sie wohnt oben auf Fluke Mountain. Das ist nicht weit von Mount Reign, wo der Graf lebt. Und ich habe sie gesehen. Gerade eben habe ich sie gesehen."

Stu nickte und atmete tief aus. „Das stimmt. Wir wissen

nicht viel über sie, oder?" Er zog seinen Dienstgürtel fest. „Also gut. Ich schätze, ich sollte besser mit ihr reden. In der Zwischenzeit schlage ich vor, dass Sie diese Blasen untersuchen lassen, Miss Ashcroft." Er warf noch einen Blick darauf und schauderte. „Aber vielleicht sollten Sie denjenigen warnen, bevor Sie sie ihm zeigen."

Er winkte beim Rausgehen über die Schulter, und als die Tür zufiel, sagte Tanner: „Ich sollte mich besser an die Arbeit machen. Ich schicke Stella eine Eule und sehe, ob sie mit irgendwas für deine Füße vorbeikommen kann. In der Zwischenzeit bleibst du einfach hier."

Er ging zur Tür, blieb dann jedoch stehen und hielt sich am Rahmen fest, als er sich wieder umdrehte. „Warte, wolltest du mir nicht irgendwas erzählen, bevor Stu aufgetaucht ist?"

Ich schluckte schwer. „Ja, aber das kann warten." Dann lächelte ich ihn an. „Wir haben noch jede Menge Zeit zum Plaudern."

Er strahlte zurück. „Du hast recht, Nora. Ich habe vor, dich so lange wie möglich bei mir zu behalten." Nach ein paar schnellen Schritten küsste er mich auf die Stirn und eilte dann aus dem Büro.

Und sofort drehte ich mich auf dem Stuhl um, achtete darauf, meine Füße nicht auf den Boden zu setzen, schnappte mir ein Stück Eulenpapier und schrieb eine Nachricht an die einzige Person, die mir vielleicht helfen konnte, die letzten Teile dieses Puzzles zusammenzusetzen:

Landon,

ich schulde dir noch einen Drink für deine Hilfe beim Schuldsturm. Hast du heute Abend was vor? Wenn nicht, treffen wir uns um sieben bei Franco's Pizza.

-Nora

Tanner wischte sich die Hände an seiner Schürze ab, als er ein paar Stunden später das Büro betrat. Ich langweilte mich zu Tode. Stella Lytefoot war wie bestellt gekommen, aber sie hatte schnell gemerkt, dass die Salbe, die sie mitgebracht hatte – die für äußerlich verursachte Blasen gedacht war –, nicht das war, was sie brauchte. Also hatte sie mir gesagt, ich solle sitzenbleiben und warten, bis sie zurückkäme.

Und ich hatte die Gelegenheit genutzt, sie meinen Brief zur Eulenpost bringen zu lassen. Als sie zurückkam, brachte sie die Antwort mit.

Nora,

das musst du nicht tun, aber danke. Klingt super. Wir sehen uns um 7.

-Landon

„Fühlst du dich besser?", fragte Tanner und blickte von mir zu Stella, die eher stand als flog, während sie meine Füße behandelte.

„Oh ja. Ich meine, alle Blasen aufzustechen hat ungefähr so viel Spaß gemacht wie Glas zu kauen, aber von da an geht es nur noch bergab, nicht wahr, Stella?"

„Viel schlimmer könnte es nicht sein", murmelte sie und trug mehr von der dicken gelben Paste auf meine Wunden auf. „Sowas habe ich noch nie gesehen. Verbrennungen, die innen anfangen und sich nach außen arbeiten. Musste die Blasen aufstechen, um die Flüssigkeit rauszulassen."

Tanner schaffte es bewundernswert, es zu überspielen, als er würgen musste.

„Es ist okay", versicherte ich ihm. „Ich werde es dir nicht übelnehmen. Ich würde auch würgen, wenn meine ganze geistige Energie nicht bereits darauf verwendet wäre, Stella nicht reflexartig zu schlagen."

„Danke dafür", sagte sie.

Tanner richtete sich auf. „Das ist es nicht. Ich finde dich nicht widerlich.“

„Du wunderschöner und schrecklicher Lügner“, sagte ich. „Wenn du das nicht widerlich findest, mache ich mir ernsthaft Sorgen um dich.“

„Okay, es ist ziemlich schlimm. Aber vor allem tut es mir leid, dass du Schmerzen hast.“ Er wandte sich an Stella. „Wie lange wird es dauern, bis sie wieder laufen kann?“

Stella zuckte mit den Schultern. „Das ist ein schwerer Fall, und ich habe nichts, womit ich es vergleichen könnte.“ Sie hielt inne. „Aber ich bin unglaublich gut darin, also würde ich sagen, ungefähr drei Stunden.“

„Drei Stunden?“, sagten Tanner und ich gleichzeitig.

Stella nickte. „Versucht, nicht jedes Mal so überrascht zu tun, wenn ich was Unglaubliches mache.“

„Das ist großartig“, sagte Tanner. „Du musst nicht einmal deine ganze Schicht verpassen.“ Er verkniff sich ein Lächeln.

„Ich hatte gehofft, ich könnte den Tag freibekommen.“

„Du lässt mich im Stich, Nora? Ich werde dich, ohne zu zögern tadeln, nur, damit du das weißt.“

„Oh. Ich weiß. Vielleicht will ich, dass du mich tadelst.“

Stella hob eine Hand. „Ich bin noch hier, falls ihr das vergessen habt. Könnt ihr beide noch ein paar Minuten warten, bevor ihr loslegt?“

„Ja, tut mir leid“, sagte Tanner. „Ich gehe besser was zu essen holen, bevor Anton anfängt zu grunzen wie ein ausgehungertes Schwein vor einem leeren Trog. Hey, da es dir dann besser geht, wie wär’s mit einem Date heute Abend?“

Oh Mist. Das war nicht das, was wir brauchten, nur wenige Stunden, nachdem Tanner ein leichtes Eifersuchtsproblem zugegeben hatte. „Ähm, sicher! Aber ich habe schon vereinbart, Landon heute Abend um sieben bei Franco zu treffen. Du solltest mitkommen.“

Tanner legte den Kopf schief. „Hawker?"

„Ja."

„Du isst mit Landon Hawker zu Abend?" Er sagte es langsam, als wollte er sichergehen, dass er nichts falsch verstanden hatte.

„Ja?"

„Warum?", fragte er. Es war schwer zu sagen, ob er eher eifersüchtig oder verwirrt war.

„Er hat mir mit dem Schuldsturm geholfen, obwohl er es nicht musste, also war ich ihm einen Drink schuldig."

Tanner nickte. „Macht Sinn. Und klar, ich komme gern mit und sorge dafür, dass du nicht vor Langeweile stirbst, wenn du dir all seine Verschwörungstheorien anhörst."

Ich kicherte. „Ich finde seine Verschwörungstheorien faszinierend."

„Ach so? Dann hast du Glück, schöne Frau, denn ich habe eine ganze Wand voller Verschwörungstheorien, die du dir vielleicht ansehen möchtest."

„Wirklich?"

Er nickte. „Eigentlich eher eine Decke. Ich hänge sie über mein Bett. Wenn du interessiert bist, kann ich sie dir zeigen –"

„Immer noch hier!", protestierte Stella.

Tanner räusperte sich. „Richtig. Entschuldigung. Viel Glück mit den Füßen, Ladys!"

Kapitel Dreizehn

Ich erkannte den Tischanweiser nicht, als Tanner und ich Franco's Pizza betraten, und es erinnerte mich daran, dass ich dem Restaurant die frühere Tischanweiserin Greta abspenstig gemacht hatte, als ich Jane davon überzeugt hatte, wieder im Medium Rare zu arbeiten. Da Greta Ansels Nichte war, kamen sie und Jane im Paket. Ich hatte deswegen allerdings nur ein ganz klein wenig ein schlechtes Gewissen; Jane war eine tolle Managerin, und ich bereute es nicht, sie eingestellt zu haben. Ich konnte kaum erwarten, dass sie von ihrer Hochzeitsreise mit Ansel zurückkommen würde. Nicht nur lief es im Medium Rare reibungsloser, da Tanner nicht mehr für so lange Schichten zuständig war, sondern ich vermisste auch meine Freundin. Ich hätte ihr alles über meine Träume erzählen können, und sie hätte genau gewusst, was sie sagen musste, um mir zu versichern, dass ich nicht verrückt wurde. Diese Art der Loyalität einer Freundin ließ sich nicht so leicht ersetzen. Wenn sie neulich dagewesen wäre, hätte ich ihr von Donovan erzählt? Ich war mir nicht sicher, aber ich vermutete es. Das hätte mich vielleicht davor bewahrt, es Deputy Manchester zu verraten.

Der junge Mann begrüßte uns mit einem breiten Lächeln auf seinem sommersprossigen Gesicht und riss geistesabwesend den Kopf zur Seite, um sich die langen rotblonden Haare aus den Augen zu wischen. „Sucht ihr Landon?", fragte er.

„Ja", sagte Tanner langsam. „Woher wusstest du das, TJ?"

Natürlich kannte Tanner diesen Jungen.

„Er sagte, er würde sich mit einer Frau mit kurzen Haaren und ihrem Freund treffen. „Mir war nicht klar, dass Sie es sein würden, Mr. Culpepper."

Ich blickte von Tanner zu TJ. „Ich habe Landon nicht gesagt, dass du kommst. Du?"

Tanner runzelte kurz die Stirn und schüttelte den Kopf.

TJ sagte: „Er sitzt drüben an einem Tisch neben der Bar" und bedeutete uns, weiterzugehen.

Das Restaurant war, wie üblich um diese Zeit, voll. Ich sah mich um, um unseren Freund zu finden, aber bevor ich ihn entdeckte, fiel mein Blick auf jemand anderen. Eigentlich zwei Jemande.

Donovan blickte nicht einmal von seinem Gespräch mit Eva auf. Beide beugten sich über ihre jeweilige Seite der Bar, um einander über den Tresen hinweg zuzuhören, selbst als ein mürrisch dreinblickender Gnom zwei Plätze weiter verzweifelt versuchte, Donovan heranzuwinken, um einen weiteren Drink zu bestellen.

Und wie es der Zufall wollte, entdeckte ich Landon am Tisch direkt hinter Evas Barhocker. Hatte Stu schon mit ihr gesprochen? Ich war nicht sicher, was unangenehmer wäre: wenn er es getan hatte oder wenn er es nicht getan hatte. In jedem Fall gäbe es einiges zu klären.

Donovan blickte kurz auf, und als Tanner und ich näherkamen, sah er nochmal hin und sagte: „Hey, Tanner!" Sie klatschten über der Theke ab. Dann wandte er sich mir zu. „Hey, Nora! Ich habe gehört, du hattest einen harten Tag. Schön zu sehen, dass es dir besser geht."

War das eine Art Falle? „Danke", sagte ich misstrauisch. „Ich bin auch froh." Ich wandte mich schnell Landon zu, damit er sich nicht ausgeschlossen fühlte, und auch, weil Donovan sich mir gegenüber so nett und ungezwungen verhielt. Es war beunruhigend. Landon, der Arme, wollte mir die Hand schütteln, aber ich schob seine Hand beiseite und umarmte ihn schnell. Ich bin im Allgemeinen kein großer Umarmer, aber Landons streberhafte und ängstliche Persönlichkeit machte ihn reif für eine Umarmung, und sei es nur, um seine Nerven ein wenig zu beruhigen.

Als ich ihn losließ und zurücktrat, waren sein Hals und seine Wangen größtenteils von einer warmen Röte bedeckt.

„Landon!", sagte Tanner und begrüßte ihn mit fast genauso viel Herzlichkeit wie Donovan. Sie klatschten einander in die Hände, und es schien den nervösen jungen Mann aufzumuntern, zu den Jungs gezählt zu werden.

Natürlich war mir bewusst, dass Landon in diesem Szenario nicht „einer der Jungs" war, was mich Tanners Wärme und seine einnehmende Art umso mehr schätzen ließ. Ohne es zu forcieren, hatte ich Landon gegenüber eine Art Beschützerinstinkt entwickelt, ähnlich dem einer großen Schwester.

Dann fiel mir auf, dass ich in meiner eigenen Unbeholfenheit Eva nicht richtig begrüßt hatte. Oops.

Das ist ein Fauxpas, den ich in meinem alten Leben allzu oft begangen hatte. Der Teufelskreis verlief ungefähr so: Ich begrüße die Männer in der Gruppe, die ihre Grüße viel deutlicher äußern. Ich nehme an, dass die Frauen in der Gruppe mich wahrscheinlich hassen, weil ich mich nie als „eines der Mädchen" gefühlt habe (und natürlich erinnerte die Gesellschaft mich ziemlich eindringlich daran, dass ich nicht traditionell feminin bin), also gebe ich den Frauen ein lauwarmes Hallo oder überspringe sie vollständig. Dann nehmen die Frauen an, dass ich sie nicht mag, weil ich sie nicht so herzlich willkommen heiße wie die Männer, oder, noch schlimmer, die Frauen sehen mich als Bedrohung und arbeiten aktiv daran, mich aus der Gruppe zu verbannen, weil sie mir nicht in Gegenwart von Männern vertrauen. Und dann wird meine anfängliche Paranoia, dass sie mich nicht mögen, zu einer sich selbst erfüllenden Prophezeiung.

Soweit ich es seit meinem Aufenthalt in der Stadt herausgefunden hatte, waren in Eastwind genug echte Prophezeiungen im Umlauf, ohne dass ich noch selbsterfüllende Prophezeiungen beisteuern musste.

Ich war entschlossen, diesen Teufelskreis zu durchbrechen, bevor er überhaupt entstehen konnte.

„Eva, wie geht's dir?“

Ich öffnete die Arme, um zu sehen, ob sie anbeißen würde, und natürlich tat sie es. Schließlich war sie ein liebes Wesen. Das hatte ich gewusst, auch, wenn ich annahm, dass sie vielleicht einen Scheiterhaufen vor dem Diner angezündet hatte.

Beziehungen sind kompliziert.

Sie umarmte mich und flüsterte dabei: „Ich habe mit Stu gesprochen, und es tut mir so leid.“

Ich zog mich ein wenig zurück. „Was meinst du?“

Als auch sie sich zurückzog, starrte sie in mein Gesicht auf. Sie war ein zierliches kleines Ding, was mir das Gefühl gab, ein Riese zu sein, auch wenn ich nur ein paar Zentimeter über dem Durchschnitt lag. Ich entschied, ihr das nicht zum Vorwurf zu machen.

Sie fuhr leise fort, sodass nur ich sie hören konnte. „Ich habe gehört, was passiert ist, und ich glaube, du hast mich da gesehen. Aber ich erinnere mich nicht. Ich bin später am

Morgen aufgewacht, und meine Haare haben nach Lagerfeuer gerochen, und an meinen Händen waren Schmutz und Ruß. Ich wusste nicht, was passiert war, bis Deputy Manchester gekommen ist und mit mir gesprochen hat."

„Ich glaube dir", sagte ich.

„Ich weiß nicht, wie das dazu geführt hat, dass du dir die Füße verbrannt hast, aber es tut mir wirklich wahnsinnig leid." Ihre Unterlippe zitterte, und Tränen stiegen in ihre Augen.

Ich ergriff Evas Arme knapp unter ihren Schultern. „Eva, bitte nicht. Wenn du dich nicht daran erinnerst, bist du in guter Gesellschaft. In letzter Zeit ist eine Menge komisches Zeug passiert, und es tut mir leid, dass du da mit reingezogen wurdest. Außerdem hat Stella mir schon wieder auf die Beine geholfen, und jetzt ist alles in Ordnung."

Ein albernes Lächeln breitete sich auf ihrem Gesicht aus, bevor sie es sich verkniff. „Würdest du sagen ... Stella hat dir deinen Groove zurückgegeben?" Sie zog die Augenbrauen hoch.

Mein Mund klappte auf. „Süßes Baby-Jackalope ... das hatte ich ganz vergessen! Wie in *How Stella got her groove back*! Wir haben die gleichen Popkultur-Referenzen!"

Während wir loslachten, blickte Donovan besorgt herüber. „Was? Was ist los?"

Eva winkte ab, als sie wieder auf den Barhocker rutschte. „Nichts. Erdenmädchenkram."

Donovan und Tanner tauschten Blicke aus, während Donovan mit den Lippen formte: „Erdenmädchen?", und Tanner die Achseln zuckte.

Ich setzte mich an den Tisch neben Landon und fragte: „Woher wusstest du, dass Tanner kommen würde?"

Er lächelte, offensichtlich stolz auf sich. „Ich bin zwar nicht der Beste in sozialen Situationen, aber als Außenstehender verstehe ich sie gut genug. Ich dachte, Tanner würde kommen wollen, und du würdest ihn natürlich lassen, obwohl du ihm nicht den wahren Grund verraten würdest, warum du mit mir sprechen wolltest."

Ich blickte über meine Schulter, wo Tanner an der Bar lehnte und angeregt mit Eva und Donovan plauderte. Gut. Den letzten Teil hatte er sicher nicht gehört. „Ich möchte auch mit dir etwas trinken, weißt du?", sagte ich und fühlte mich schuldig, weil er mich erwischt hatte.

„Sicher. Aber es geht nie nur ums Trinken, selbst wenn man sich nur trifft, um ‚was zu trinken'. Man trinkt, man redet. Und das, was dich beschäftigt, worüber du reden willst, ist auch das, was mich beschäftigt. Also lass uns unsere Notizen vergleichen." Er schmunzelte, und ich dachte, das sei nur eine Redensart, bis er einen Stapel Karteikarten aus der Gesäßtasche seiner Hose zog und begann, sie durchzugehen.

„Ich habe meine im Medium Rare liegen lassen", sagte ich.

Seine Augen blieben auf seinen Karten, als er sagte: „Nein, hast du nicht." Er nickte, und als er bei der Karte ankam, mit der er anfangen wollte, sah er zu mir auf und sagte: „Warum fängst du nicht an? Ist seit dem versuchten Begräbnis von Graf Malavic irgendwas Neues passiert?"

Ich kicherte. „Äh, ja." Und dann stürzte ich mich in die Geschichte, leise, damit wir nicht belauscht wurden, und erzählte ihm alle Fakten über die seltsamen Dinge, die mir und in der Stadt in letzter Zeit passiert waren.

Nun, fast alle Fakten. Ich hatte überlegt, ihm von den Träumen zu erzählen, entschied mich aber dagegen. Sie waren zu persönlich für meinen Geschmack. Sie waren etwas, das ich ganz für mich behalten wollte. Außerdem würde Landon Hawker, wenn ich ihm von der romantischen Natur der Träume erzählen würde, wahrscheinlich so rot anlaufen, dass er ohnmächtig würde.

„Blasen?", sagte er ungläubig. „Du hattest echte Blasen?"

„Ja. Und das Seltsamste ist, dass Stella gesagt hat, es schien, als ob sie wegen innerer Hitze entstanden wären, nicht wegen äußerer.“

Der Verschwörungstheoretiker war ratlos. Seine Augen weiteten sich, und sein Mund blieb offenstehen. „Davon habe ich noch nie gehört.“

„Ich glaube, sie auch nicht. Aber das – au!“

Ich wurde von einem großen, runden Gegenstand unterbrochen, der in meinen Oberschenkel stieß. Ich blickte zur Seite und sah Grim, der mich anstarrte, während Speichel von seiner linken Lefze tropfte. *„Du bist nicht zu Franco's Pizza gegangen, ohne es mir zu sagen.“*

„Tut mir leid, Grim, es war ein ziemlich langer Tag. Ich habe es einfach vergessen.“

„Ich kann dich gerade nicht einmal ansehen.“

„Fänge und Klauen“, sagte ich laut. „Leg dich einfach hin, und ich bestelle dir ein paar Hackbällchen, wenn der Kellner vorbeikommt.“

„Er ist sauer auf dich?“, fragte Landon.

„Natürlich.“

„Ja, ich hasse es, wenn Hera sauer auf mich ist. Sie kann mir das Leben wirklich schwer machen.“

„Hera ist deine Vertraute?“

Er nickte.

„Und was für eine Katze ist sie?“

„Ein Rotluchs.“

„Rotluchs?“ Ich hatte etwas weniger Tödliches erwartet.

„Ja, ich kann sie nicht oft mitnehmen. Wenn sie hungrig wird ... na ja, ist das nicht schön. Ich kann sie nicht vom Jagen abhalten.“

„Vielleicht solltest du ihr ein paar Fleischbällchen mitbringen“, schlug ich vor.

Er schüttelte heftig den Kopf. „Auf keinen Fall. Sie muss

vegetarisch essen. Der Geschmack von echtem Fleisch macht sie wild.“

„Ah.“

Wenigstens hatte ich eine mögliche Quelle seiner ängstlichen Ausstrahlung identifiziert.

Trinity flatterte auf ihren Feenflügeln heran und nahm unsere Bestellung auf, beginnend mit mir, und während Landon eine Litanei von Fragen zu den spezifischen Temperaturen jedes Gerichts stellte, hörte ich dem Gespräch zu, das direkt hinter mir stattfand.

„Ich bin dir damit total zuvorgekommen“, sagte Eva, während Tanner leise lachte. „Es war nicht einmal knapp.“

„Nein, nein, nein“, sagte Donovan, „ich habe dich gewinnen lassen. Ich könnte dich jeden Tag der Woche beim Scufflepuck schlagen, aber ich dachte, ich schenke dir einen Sieg, weil du noch ziemlich neu in der Stadt bist.“

„Ja, natürlich“, sagte Tanner.

„Im Ernst“, sagte Eva. „Du bist so ein Gentleman, Donovan. Darauf wäre ich nie gekommen.“

„Was?“, sagte er abwehrend. „So bin ich! Ich bin immer auf gute Manieren und Gastfreundschaft bedacht ... es sei denn, du stehst mehr auf Bad Boys, in diesem Fall bin ich der Schlimmste von allen.“

Ich verdrehte die Augen, hörte aber weiter zu.

„Ich glaube, ich habe genug von den Bad Boys“, sagte Eva. „Das habe ich zu Hause oft genug versucht, und es hat nie geklappt. Ich glaube, ich brauche einen netten Kerl, eher wie Tanner, aber natürlich nicht Tanner.“

Oh, Mist. Donovan würde das nicht gern hören. Nicht mit den Komplexen, die er wegen seines besten Freundes hatte.

Aber zu meiner Überraschung schien es Donovan nicht zu stören. „Du hast Glück, denn ich bin der Netteste. Viel netter als Tanner. Zum Beispiel.“ Er hielt inne, und als ich über meine

Schulter blickte, sah ich, wie er ihr gerade ein Glas Wein einschenkte. „Hier, Mylady." Er verbeugte sich, als er es ihr reichte, und sie kicherte.

Es war seltsam. Ich starrte Donovan an, aber das einzig plausible Szenario war, dass jemand seinen Körper übernommen hatte. Ich suchte nach Anzeichen von Besessenheit, fand aber keine.

„Ich muss zur Toilette, bevor ich eine Runde anfange", sagte Eva und verschwand.

Ich trank den Rest meines Cocktails aus, stand auf und nahm das leere Glas mit an die Bar. „Ich brauche noch einen, mein Lieber", sagte ich sarkastisch.

„Haben wir etwa gelauscht?", fragte Donovan desinteressiert. Er goss mir meinen Drink nicht mit der Hand ein. Stattdessen schwenkte er träge seinen Zauberstab und ließ ihn die ganze Arbeit machen.

„Heute ist er wirklich in Topform, oder?", sagte Tanner stolz.

„Glaubst du, sie steht drauf?", fragte Donovan.

Tanner nickte nachdrücklich. „Oh ja. Sie spielt ein bisschen schwer zu kriegen, aber ich denke, du bist auf dem richtigen Weg."

Donovan drehte sich zu mir um. „Was denkst du, Nora? Denkst du, ich habe vielleicht endlich jemanden gefunden, der auf mich steht?"

Ich zwang mir ein Lächeln ab. „Es sind schon seltsamere Dinge passiert. Apropos seltsame Dinge, vielleicht solltest du, ich weiß nicht, einen Gang zurückschalten, bis wir ein bisschen mehr über sie wissen."

Er kicherte freudlos. „Ich weiß eine Menge über sie, Nora. Und ich habe vor, noch viel mehr zu erfahren."

„Ich möchte nur nicht, dass dir das Herz gebrochen wird, wenn sich herausstellt, dass sie Leute verflucht hat oder so."

Er schnappte den Shaker aus der Luft und riss mir mein leeres Glas aus der Hand, bevor er mir meinen Drink eingoss und das Glas ein bisschen zu heftig vor mir auf die Bar knallte. „Ich kann verstehen, warum Tanner sich so in dich verliebt hat. Du denkst immer an die Gefühle anderer Leute, oder?" Die Bitterkeit in seinen Worten war unverkennbar.

„Sie ist ausgesprochen rücksichtsvoll", warf Tanner ein und legte einen Arm um meine Schultern. „Du weißt, dass Empathie ein gängiges Merkmal von Hexen des Fünften Windes ist", erklärte er.

Donovan lachte trocken. „Hätte mich glatt täuschen können."

Wir starrten uns noch einen Moment lang an, bevor ich meinen Drink nahm, mich umdrehte und mich wieder neben Landon setzte. Ich versuchte, nicht zu zeigen, wie wütend und unerklärlicherweise bestürzt ich war.

Ich rollte meine Schultern zurück und setzte ein Lächeln auf. „Wo waren wir?", fragte ich den Nordwindhexenmeister.

Er starrte mich mit großen Augen an, bevor er zu Donovan und dann wieder zu mir rübersah. „Was war ... warte." Seine Augen weiteten sich, er beugte sich vor und zischte: „Habt ihr beide ...?"

„Schh!", zischte ich und trat ihn unter dem Tisch. „Was auch immer du denkst, die Antwort ist Nein, okay?" Ich zog die Augenbrauen hoch, presste meine Lippen fest aufeinander und hoffte, dass er die Botschaft verstand.

Er schluckte schwer und nickte schnell, bevor er ein paarmal blinzelte und sagte: „Verstanden. Ich muss mir die sexuelle Spannung und den unausgesprochenen Herzschmerz eingebildet haben."

„Ja. Das hast du wohl. Können wir jetzt zum eigentlichen Thema zurückkehren?"

„Natürlich, natürlich." Er blätterte durch seine Karteikarten. „Okay, mir ist also ein Muster aufgefallen. Es könnte nichts sein, aber es könnte auch was dran sein."

Ich verzichtete darauf zu fragen, ob „es könnte nichts sein, aber es könnte auch was dran sein" die Maxime der Hawker-Familie war. Stattdessen nickte ich, damit er weitermachen konnte.

„Es gibt ein Muster für die Opfer des Gedächtnisverlusts. Die Erste war Zoe Clementine. Dann Oliver Bridgewater. Und jetzt sagst du Evangeline Moody. Verstehst du, worauf ich hinauswill?"

„Sie sind alle Hexen."

Er wedelte mit dem Finger vor mir. „Richtig, aber genauer, was für Hexen sind sie?"

„Zoe ist ein Ostwind, Oliver ist ein Westwind und Eva ist, glaube ich, ein Südwind."

„Genau!" Landon nickte, als ob ich bereits wissen sollte, was das bedeutete. Als ich das Gesicht verzog und vage den Kopf schüttelte, fügte er hinzu: „Denk an die archaischen Namen für jede Art."

Das war etwas, worüber Oliver mich ausgefragt hatte, als er bemerkt hatte, dass ich es nicht wusste, und aufgrund dieser intensiven Nacht des Lernens wusste ich das aus dem Effeff. „Zoe ist eine Hydromantin, Oliver ist ein Terramant und Eva eine Pyromantin." Ich hielt inne. „Oh. Okay. Ja, ich verstehe jetzt, worauf du hinauswillst. Aber ich verstehe nicht, was das Muster bedeutet."

„Ich verstehe es auch nicht ganz. Aber ich bin mir sehr sicher, dass die drei Fälle zusammenhängen. Und es lässt mich auch glauben, dass niemand versucht hat, Zoe zu ertränken."

„Du glaubst ... sie hat es sich selbst zugefügt?"

Er zuckte mit den Schultern. „Es war ihr Zauberstab, der den Brunnen mit Magie verstopft hat und ihn überlaufen ließ, oder?"

Ich atmete aus. „Meine Güte, ja. Ich schätze, das ergibt Sinn, auch wenn es kein schönes Bild ist. Und diesem Muster folgend war Oliver derjenige, der den Grafen begraben hat. Der Terramant bezieht seine Kraft aus der Erde."

Landon beugte sich vor und fügte hinzu: „Und es bedeutet auch, dass Eva ... du weißt schon."

„Ja, ich weiß." Eine Hydromantin hat einen Blackout und landet mit dem Gesicht nach unten im Wasser. Ein Terramant hat einen und begräbt einen Vampir unter einem Erdhaufen. Eine Pyromantin hat einen und zündet einen Scheiterhaufen an. Es gab ein Muster, ja, aber keine klare Bedeutung.

Trinity flatterte mit einem Tablett, das schwerer aussah als sie, aus der Küche und stellte unsere Teller vor uns ab, plus zwei zusätzliche: einen Teller Lasagne und einen Teller Fleischbällchen. Die Fleischbällchen verstand ich, denn die hatte ich für Grim bestellt. Aber die Lasagne ließ mich innehalten. Ich wollte ihr gerade sagen, dass wir sie nicht bestellt hatten, als Tanner sich auf den Stuhl neben mir, gegenüber von Landon, fallen ließ und Trinity dankte. „Habe an der Bar bestellt, aber ich dachte, ich würde mich zum Essen an einen richtigen Tisch setzen. Hoffe, es macht euch nichts aus", sagte er.

„Überhaupt nicht", sagte Landon. Er sah mich an, um zu sehen, ob ich wieder in das Gespräch einsteigen oder warten wollte, bis wir wieder zu zweit waren.

Ich stellte den Teller mit den Fleischbällchen für Grim auf den Boden und nahm dann das Gespräch wieder auf. „Es ergibt aber immer noch keinen Sinn, warum sie es getan haben. Oder besser gesagt, warum jemand anderes sie dazu gezwungen hat. Und es erklärt immer noch nicht meine Visionen."

Sein Mund war mit vegetarischer Pizza vollgestopft, also nickte er, bis er wieder sprechen konnte. „Stimmt. Aber es verrät uns eine wichtige Information, denke ich."

„Und die wäre?"

„Was auch immer mit Zoe, Oliver und Eva passiert ist, es ist noch nicht vorbei. Es gibt noch einen, vielleicht zwei weitere Fälle. Aber ich kann dir helfen, es einzugrenzen. Deutlich."

„Und wie?"

„Das Muster. Hydromant, dann Terramant, dann Pyromant … was kommt als Nächstes? Ich schätze, entweder ein Aeromant oder ein Nekromant."

Tanner horchte auf und sprach mit dem Mund voll Lasagne. „Aber das" – er zeigte auf Landon und mich – „seid ihr beiden."

„Nun", sagte Landon, „nicht unbedingt. Die Chancen stehen ziemlich hoch, dass es Nora ist, einfach, weil es in Eastwind nur eine andere Hexe des Fünften Windes gibt und nur ein Narr versuchen würde, Ruby True zu übernehmen. Aber es gibt neben mir noch jede Menge andere Nordwindhexen. Ich glaube jedoch, wenn wir das Motiv herausfinden könnten, könnten wir genau sagen, wer als Nächstes dran ist, und demjenigen, wer es auch ist, möglicherweise die Gefahr ersparen."

„Wie finden wir also das Motiv heraus?", fragte Tanner. „Wir wissen nicht einmal, welche Art von Magie verwendet wurde."

„Einverstanden", sagte Landon. „Aber ich glaube, als Erstes müssen wir eine Gemeinsamkeit zwischen allen drei Ereignissen finden. Gibt es jemanden, der mit allen dreien in Verbindung steht?"

„Ja", sagte ich, „obwohl es eine lose Verbindung ist und ich sie nicht ganz verstehe."

Landon zog die Brauen hoch. „Weiter."

„Graf Malavic. Er hatte sich gerade mit Zoe getroffen, bevor sie den Blackout hatte. Und er war derjenige, den Oliver begraben hat. Und es war heute ein brennender Scheiterhaufen vor dem Medium Rare. Holz – eines der wenigen Dinge, die Vampire töten können."

Landon dachte schweigend darüber nach, während er sich einen weiteren Bissen Pizza in den Mund stopfte. Schließlich sagte er: „Es stimmt, es ist ein gemeinsamer Nenner, aber ich sehe ihn nicht. Da muss noch was anderes sein."

„Noras Visionen", sagte Tanner, als würde er das Offensichtliche aussprechen. „Nora hatte jedes Mal eine Vision."

„Stimmt", sagte Landon. „Und obwohl wir die Bedeutung der Visionen nicht verstehen, zumindest noch nicht, können wir einen Schritt zurücktreten und sagen, dass die Gemeinsamkeit zwischen all diesen seltsamen Vorfällen ... nun ja, die bist du, Nora."

„Ich? Aber ich habe nichts damit zu tun!"

Tanner und Landon starrten mich jetzt beide an, und die Intensität ihrer Aufmerksamkeit trieb mir Wärme ins Gesicht.

„Du hast jeden einzelnen davon entdeckt", sagte Landon, als wäre er gerade aus einem Traum erwacht. „Du bist zufällig darauf gestoßen, sicher, aber du warst als Erste am Ort des Geschehens." Seine Stimme wurde aufgeregter. „Für wen sonst könnte der brennende Scheiterhaufen am Stadtrand zu dieser Stunde bestimmt gewesen sein, wenn nicht für jemanden im Medium Rare?"

„Warum nicht Tanner?", sagte ich abwehrend. „Er arbeitet auch da. Und er hat Zoe mit mir im Brunnen gefunden."

„Aber er ist nicht mit dir nach Mount Reign gegangen. Es war Manchester, der mit dir dort war."

Mir gefiel die Richtung nicht. Auch wenn Landon mich nicht direkt beschuldigen wollte, diese Dinge getan zu haben, sagte er definitiv, dass ich irgendwie damit zu tun hatte. Wieder einmal steckte ich hinter dem Chaos. Nein. Das würde ich ohne klare Beweise nicht akzeptieren. „Was willst du genau damit sagen, Landon?"

„Ich glaube, wer auch immer das tut, versucht vielleicht, dir eine Botschaft zu senden. Vielleicht stellt derjenige diese Fallen sogar, um deine Visionen absichtlich auszulösen." Er starrte knapp über meine Schulter und blinzelte schnell, bevor er seine Aufmerksamkeit wieder mir zuwandte. „Ja! Das ergibt tatsächlich einen Sinn!"

Ich lachte humorlos. „Wie kann das überhaupt einen Sinn ergeben?"

Tanner hustete neben mir.

Landon senkte den Blick auf den Tisch und schüttelte den Kopf, als wollte er ihn freibekommen. Er schloss fest die Augen und massierte seine Schläfen, als würde er gegen eine plötzliche Migräne ankämpfen. Er beantwortete meine Frage jedoch nicht.

Tanner hustete weiter, und es wurde heftiger. Ich drehte mich zu ihm um. „Alles okay?"

Und da wurde mir klar, dass Tanner nicht hustete. Er würgte.

Er griff sich an den Hals und versuchte, Luft zu holen. Als er sich nach vorn beugte, schlug ich ihm auf den Rücken, in der Hoffnung, das, was seine Atemwege blockierte, zu lösen.

Dann hörte ich hinter mir ein weiteres Keuchen und drehte mich um. Donovan stand mit weit aufgerissenen Augen da und stemmte sich gegen die Theke, während er nach Luft rang. Eva war als Nächstes dran, dann Grim, und langsam begannen alle im Restaurant, verzweifelt nach Luft zu ringen. Trinity stürzte aus der Luft und schlug mit einem dumpfen Knall auf dem Boden auf, während ich herumwirbelte und versuchte zu verstehen, was los war. Schließlich rang ich nicht nach Luft.

Und, wie ich schnell herausfand, Landon auch nicht.

Sein Gesichtsausdruck war jedoch schlaff geworden, als er sich aufrecht in seinem Stuhl aufsetzte. Ich beugte mich nach vorn, und da bemerkte ich es. In Landons klaren, blauen Augen war ein Hauch von Grün.

Süßes Baby-Jackalope. Aber ich war mir noch nicht sicher, was ich sah.

Ich machte einen weiteren Test. „Landon, wo arbeitest du?"

Er öffnete den Mund, aber es dauerte viel zu lange, bis die Worte „Pergament-Katakomben" herauskamen.

Um Himmels willen. Das passierte doch nicht wirklich, oder? Landon saß nicht wirklich besessen vor mir und sprach irgendeinen seltsamen Aeromanten-Zauber, der die Leute um uns herum zittern, würgen und nach Luft ringen ließ.

Ich hatte noch nie einen erfolgreichen Exorzismus ganz allein ohne jede Hilfe von Ruby durchgeführt. Aber ich kannte die Grundlagen, und es gab keinen besseren Zeitpunkt, es zu versuchen, als jetzt.

Um das zu tun, musste ich den Geist in mich hineinziehen, ihn channeln und dann die Kontrolle über ihn erlangen, damit ich ihn ein für alle Mal verbannen konnte. Zumindest war das die Theorie hinter den Exorzismen des Fünften Windes, aber ob ich mit einem Geist fertig werden konnte, der stark genug war, Zoe dazu zu bringen, sich zu ertränken, Oliver zu einem unglaublich unüberlegten Angriff auf einen Vampir zu verleiten und die friedliche Eva dazu zu bringen, ein Hassverbrechen gegen mich zu begehen, musste ich erst noch herausfinden.

Würde ich in der Lage sein, den Geist aus Landon herauszulocken, ohne ihn im Kampf zu verletzen? Könnte ich ihn dazu zwingen, in meinen Körper zu gehen? Ich musste mein Bestes geben.

Ich nahm mein Staurolith-Amulett ab, legte es neben mein Getränk und griff über den Tisch nach Landons Händen. Er zog sie nicht zurück, also schloss ich die Augen.

Dann sagte er plötzlich: „Du bist fast da, Diana."

Eine weitere Vision traf mich wie ein Hurricane.

Die Hände um meinen Hals drückten fester zu, während ich nach den Armen des Mannes krallte. Ich konnte den Mann selbst noch nicht sehen; alles außer seinen Armen war schwarz, da sich die Vision an den Rändern noch nicht herausgebildet hatte. Ich versuchte, Luft zu holen, aber es funktionierte nicht, und jeder Atemzug verursachte nur einen stechenden Schmerz, der aus meiner Kehle in alle Richtungen schoss, in meinem Kopf hämmerte und meine Brust mit Lava füllte. Es wäre einfacher, nicht zu atmen, und ich hatte keinen Zweifel, dass es schnell vorbei sein würde, wenn ich einfach aufgab.

Mein keuchender Atem zerrte an einer Erinnerung. Nein, nicht so sehr an einer Erinnerung als vielmehr an … einer Realität.

Meine Freunde erstickten. Tanner erstickte! Sie brauchten meine Hilfe. Wenn ich aufgab, konnte ich sie vielleicht nicht retten.

Aber am Ende hatte ich keine Chance. Das wusste ich. Wer auch immer ich war, so starb ich. Immer und immer wieder hatten sich die Visionen auf die gleiche Weise abgespielt. Jedes Mal eine neue Person, eine neue Methode, aber es endete immer gleich: mit dem Tod.

Da gab es also keinen Weg daran vorbei. Nur hindurch. Ich musste hoffen, dass ich auf der anderen Seite der Vision rechtzeitig entkommen konnte, um den Exorzismus zu vollenden und die zu retten, die ich liebte.

Ich hörte auf, dagegen anzukämpfen, und gab mich der Schwärze hin, die sich aus der Peripherie meines Sichtfelds näherte.

Die Dunkelheit wurde vollkommen, und die Stille ebenfalls. Es war, als würde ich im Weltall schweben, aber da waren keine Sterne, keine Planeten, keine Galaxien.

Und dann erschien die Welt wieder, und ich war nicht allein. Er war bei mir. Der Mann aus meinen Träumen.

Mein plötzliches Bewusstsein seiner Anwesenheit gab mir das Gefühl, länger als ein paar Augenblicke allein gewesen zu sein; ich war Hunderte und Hunderte von Jahren allein gewesen, aber endlich hatte ich wieder Gesellschaft.

Als die Umgebung sich materialisierte, standen wir am Rand einer grünen Küste, die Hunderte von Metern ins felsige Meer hinabfiel. Aber welches Meer, da war ich mir nicht sicher. Sechs Meter trennten uns, und ich eilte so schnell ich konnte zu ihm, weil meine Seele einfach nicht glauben konnte, dass ich wieder hier war, bei ihm.

Er kam mir auf halbem Weg entgegen, und obwohl nichts davon einen Sinn ergab – wie ich hierhergekommen war, wo ich war oder wer ich war –, es war mir egal. Mich interessierte nur eines.

Ich stürzte mich in seine Arme, und der Kuss danach geschah ganz natürlich. Das konnte kein Traum sein, nicht mit der Wärme seiner Lippen auf meinen, der vertrauten Art, wie sich die Konturen seiner Brust an meinen Körper schmiegten, dem Gefühl seiner Arme, die sich um mich schlangen und mich festhielten, als wollte er mich nie wieder loslassen.

Aber schließlich, als der erste salzige Geschmack seiner Tränen meine Lippen berührte, beendete er den Kuss und zog sich gerade weit genug zurück, um mir in die Augen zu blicken. Diese meergrünen Augen. Wie sehr hatte ich sie vermisst. Sogar die spärlichen Sommersprossen auf seinem Gesicht fühlten sich an wie ein vertrautes Sternbild, das seit Jahrhunderten über mir am Nachthimmel hing.

„Mein Gott, Diana, wie ich dich vermisst habe", hauchte er. Die Wärme seines Atems und sein irischer Akzent fühlten sich an wie ein Zuhause, als wäre ich keinen Tag von ihnen getrennt gewesen. „Ich wusste, dass ich dich finden würde, genau wie ich es versprochen hatte."

Ich blinzelte und versuchte, mich zu erinnern. Es klang wahr genug, aber …

„Du hast es vergessen", sagte er. „Du wirst dich bald genug erinnern. Als sie dich mitgenommen haben, habe ich versprochen, dich zu finden, egal was passiert. Egal, wie viele Ozeane uns trennten oder –"

„Wie viele Leben", beendete ich den Satz und erinnerte mich daran. Dieses Versprechen, im Bett eines Liebhabers gegeben, in der Nacht, bevor ich weggebracht und an einen anderen Mann verkauft worden war, um dessen Frau zu werden.

„Erinnerst du dich noch an meinen Namen?", fragte er.

Ich schüttelte den Kopf. „Es tut mir leid. Es ist so viel passiert."

Er hielt meinen Kopf in seiner Hand und strich mir mit dem Daumen über die Wange. „Es ist okay. Ich weiß. Du hast so viel durchgemacht. Ich fing an zu glauben, dass ich dich nie erreichen würde. Ich war so oft kurz davor, dich zu finden, aber dann warst du weg, dein Licht erlosch, und ein anderes brannte irgendwo anders auf der Welt."

„Wie viele Leben?", fragte ich.

„Fünf mit Jahrzehnten, sogar Jahrhunderten dazwischen. Ich wusste nicht, wohin du zwischen den Leben gegangen bist, also bin ich durch die Astralebene gewandert und habe nach einer Nachricht von dir gesucht. Im Tod kann man Weisheit erlangen, eine Erkenntnis, die die Lebenden nie erlangen können, und aus diesem Grund ist es oft die nutzloseste Weisheit von allen. Das ist der grausame Scherz daran, Diana. Aber ich habe nach der Weisheit gesucht, die Geheimnisse des Jenseits und der Wiedergeburt gelernt und wusste, dass ich ein kleines Zeitfenster hatte, um dich zu finden, bevor du wieder verschwinden würdest.“

„Ich verstehe nicht. Du hast auf mich gewartet?“

Er lächelte und küsste mich auf die Stirn. „Ja, meine Liebe. Ich habe auf dich gewartet. Wenn wir beide in ein anderes Leben übergegangen wären, wäre die Erinnerung an unseren Pakt für immer verloren gegangen. Einer von uns musste zurückbleiben. Also habe ich gewartet. Ich konnte deine Anwesenheit jedes Mal spüren, wenn du geboren wurdest, und ich habe den Dolch des Verlusts jedes Mal gespürt, wenn du gestorben bist. Jedes Mal wurdest du als Hexe geboren, und jedes Mal wurdest du für das ermordet, was du bist. So wusste ich, wie ich dich finden konnte. Das Schicksal hat dich auf diesen seltsamen Weg geführt, und ich musste nur deinen Spuren folgen. Zuerst eine Hexe des Wassers, ertränkt in deinem eigenen Element. Dann eine Hexe der Erde, geschlagen und lebendig begraben. Als Nächstes eine Hexe der Flamme, verbrannt zum Zeitvertreib anderer. Und schließlich eine Hexe der Luft, der der Atem aus den Lungen gestohlen wurde von den Händen der Person, der du am meisten vertraut hast. Es ist ein makabres Rezept, aber es ist das einzige, das eine Hexe des Geistes erschaffen kann. Ich habe die Weisheit der Toten gelernt und das Muster gefunden. Alles, was ich tun musste, war zu warten, bis ich deine Anwesenheit wieder gespürt habe. Und als ich das tat, habe ich meine Suche von Neuem begonnen.“

„Und du hast mich gefunden“, flüsterte ich, und Dankbarkeit pulsierte durch meine Adern.

„Das habe ich. Und du, meine Liebste, hast die Tür geöffnet, wie ich es erwartet hatte. Obwohl du nur hindurch gespäht hast, war es genug.“

„Kann ich hierbleiben?“, fragte ich und sah mich um, ohne zu wissen, wo „hier“ in Zeit und Raum war.

Er atmete aus, lachte leise vor Erleichterung, und seine türkisfarbenen Augen wurden wieder feucht. „Ja, Diana. Das kannst du. Und ich hoffe, du wirst es tun."

Ich nickte, und er drückte mich an seine Brust. Ich konnte seinen gleichmäßigen Herzschlag hören, so lebendig wie nichts, was ich je erlebt hatte, trotz der seltsamen Geschichte, die er erzählte. Ich hielt den Atem an und kämpfte gegen einen bohrenden Drang an, der in mir aufwallte.

Akzeptiere es einfach, Diana. Stell' die Frage nicht. Bitte stell' sie nicht. Es ist egal.

Aber ich sprach sie trotzdem aus. „Aber wo ist das hier?"

„Ist das wichtig?", fragte er. „Wir sind zusammen. Weißt du, wie viele seltsame Welten und Ebenen ich durchquert habe, um dich zu finden?"

„Ist das hier real?", fragte ich.

Warum ist das wichtig? Hör auf, Fragen zu stellen!

„So etwas wie real gibt es nicht, Liebes. Was du für Realität hältst, ist nur eine weitere Ebene, wie alles andere auch. Unsere Liebe ist für mich das Realste. Sie hat mich durch die Dunkelheit getrieben, nachdem die Hoffnung wieder und wieder verloren war. Denn selbst verlorene Hoffnung kann gefunden werden, genau wie verlorene Liebe. Wo immer wir zusammen sein können, das ist meine Realität."

Ich versuchte, daran zu denken, woher ich gerade gekommen war. So wie die Erinnerungen an dieses Leben zurückgekehrt waren, waren die anderen zerfallen. Aber mit Mühe bauten sich langsam wieder flüchtige Blicke auf East-wind auf und nahmen dann an Geschwindigkeit zu. „Die Angriffe. Die Besessenheit." Ich stieß mich von ihm ab. „Das hast du getan. Was ich in Landons Augen gesehen habe, warst du."

„Ja", sagte er, ohne jede Spur von Reue. „Ich konnte dich nicht erreichen, bis du alle Leben zwischen uns durchlebt hattest, und ich wusste, dass es Jahre dauern könnte, bis du das tust. Ich wollte nicht riskieren, dich in der Zwischenzeit nochmal zu verlieren. Du musstest jedes einzelne davon noch einmal besuchen, die Schichten deiner Seele abtragen, bis ich dich erreichen konnte, bis du mich erkennen würdest."

„Du hast mich in meinen Träumen besucht."

Er schüttelte den Kopf. „Das war nicht ich, wie du mich vor dir stehen siehst. Das war nur deine Erinnerung an mich, Teile unseres gemeinsamen Lebens, die durch die Risse schimmerten, als du die Tür geöffnet hast und die Schichten deiner Leben abzufallen begannen." Ein kühler Wind wehte vom Meer herüber, und er zog mich wieder an seinen Körper. Ich war mehr als glücklich, mich in die Umarmung fallen zu lassen. „Aber ich bin jetzt hier bei dir, Diana, und ich werde für immer bei dir bleiben, wenn du mich bittest."

„Das habe ich schon." Und dann kam es mir. „Roland."

Er nickte, sagte aber kein Wort. Vielleicht würde ich hierbleiben, wo auch immer hier war. Was ich zurückließ, war kein Vergleich zu all den Meilen und Leben, die wir zurückgelegt hatten, um wieder in den Armen des anderen zu liegen. Wir konnten die Liebesgeschichte haben, die uns genommen worden war. Endlich. Wen kümmerte es, wie es dazu gekommen war?

„Aber wenn es nicht real ist, könnte es dann nicht jeden Moment enden?", fragte ich. „Und dann würde ich zurückgehen."

Zurück? Moment, wo war nochmal „zurück"? Ich bemühte mich, die Erinnerungen wieder in den Griff zu bekommen. Eastwind. Das Diner. Franco's Pizza.

Es war, als könnte er sehen, wie die Erinnerungen in meinen Augen Gestalt annahmen. „Deine Freunde werden in ihr nächstes Leben gehen. Es ist nicht so schlimm, wie du denkst. Du musst nicht dabei sein."

„Du meinst, sie ringen immer noch nach Luft?" Ich versuchte, mich abzustoßen, aber seine starken Arme rührten sich nicht.

„Ich fürchte, das tun sie. Dein Freund wird den Zauber über sie nicht aufgeben."

„Es sei denn?", fragte ich. Es musste doch einen Weg geben, das zu verhindern. Die Namen kamen mir wieder in den Sinn. Tanner. Donovan. Grim. Eva.

„Es sei denn, du gehst zurück."

„Dann muss ich zurück."

„Bitte", sagte er, kaum mehr als ein Flüstern. „Ich will dich nicht nochmal verlieren."

„Dann komm mit", sagte ich. „Komm aus den Schatten." Ich hielt inne und erinnerte mich an den Hügel im Zilker Park. „Ich weiß, wie ich dich mitnehmen kann."

Er ließ zu, dass ich mich weit genug zurückzog, um auf mich herabzublicken, aber er sagte kein Wort.

„Geh hinüber", beharrte ich. „Ich werde dich immer noch sehen und mit dir sprechen können." Ich hatte ihm so viele Fragen zu stellen, aber ich konnte keine Sekunde länger hierbleiben als nötig.

„Wenn ich hinübergehe, kannst du mich nicht berühren und ich dich auch nicht."

Ich spürte, wie sich meine Brust zusammenzog. Ich nahm eine seiner warmen Hände in meine und drückte sie an meine Wange. Konnte ich das aufgeben? Konnte ich nach so langer Zeit dem Gefühl seiner Haut auf meiner Lebewohl sagen? Die Erinnerungen an unsere gemeinsamen Nächte kamen wie eine Flut zurück, und ich stöhnte, mir wurde plötzlich schwindlig. Ich legte eine Hand auf seine Brust und spürte seinen Herzschlag. „Ich kann sie nicht sterben lassen, Roland."

Er nickte traurig und legte eine Hand auf meine, drückte sie an seine Brust. „Ich hatte befürchtet, dass du das sagen würdest."

„Wir können einen Weg finden", sagte ich. „In dieser Welt bin ich eine Nekromantin. Wenn jemand herausfinden kann, wie man dich ganz zurückbringt, dann ich. Ich verspreche, dass ich einen Weg finden werde, egal, wie lange es dauert. Und wenn ich jedes Buch in Eastwind lesen muss, um einen Weg zu finden, werde ich es tun. Ich verspreche es."

Ich stellte mich auf meine Zehenspitzen, und er beugte sich hinunter. Unsere Lippen trafen sich. Es war nicht nur ein Kuss, es war ein Versprechen. Und Diana gab es freiwillig.

Ich gab es freiwillig.

Ich streckte meine Hände aus. „Lass nicht los."

Er nahm meine Hände in seine, hob dann eine an seine Lippen und küsste sie sanft auf den Handrücken. „Das werde ich nie."

Ich hielt ihn so fest wie möglich, aus Angst, er könnte mir entgleiten, ich könnte ihn wieder verlieren, und dann schloss ich die Augen und zog ihn zu mir ...

Kapitel Vierzehn

Ich öffnete die Augen, und die Kakophonie von Franco's Pizza traf mich wie ein Schlag.

„Landon!", schrie ich über den Lärm hinweg. Seine Augen hatten noch immer einen Hauch von Grün.

Ich hatte gehofft, dass es funktioniert hätte, Roland mit mir zurückzuziehen, dass ich ihn von Landon getrennt hatte, einfach ein weiterer Geist, den nur eine Handvoll Leute in Eastwind sehen konnten, und das wäre es dann; die Besessenheit wäre vorbei, und alle würden wieder atmen. Aber so hatte es nicht funktioniert. Hatte ich wirklich mit Rolands Geist gesprochen? Wie viel Zeit war vergangen, als ich auf dieser Klippe am Meer war?

Später würde ich noch genug Zeit haben, darüber nachzudenken. Jetzt musste ich erstmal dieses Chaos beseitigen.

Ich atmete tief ein und zog den Geist – Roland – in mich hinein. Ihn zu channeln fühlte sich natürlich an. Ich wollte so sehr zurücktreten, ihm die Kontrolle überlassen, mich ihm vollkommen hingeben. Ich wusste, er würde mir nicht wehtun. Aber so konnte ich nicht ewig leben. Diese Stadt würde es nicht dulden, dass einer von zwei Fünften Winden besessen blieb, egal wie friedlich die Besessenheit auch sein mochte. Roland würde exorziert werden, und dann wäre er verloren, verbannt. Würde ich ihn zurückrufen können, bevor ich in ein anderes Leben überging? Oder würden fünf weitere Leben vergehen, bis wir uns wiederfinden würden? Oder vielleicht würde es uns nie gelingen.

Ich war die Einzige, die das tun konnte, ihn so sanft von mir zu ziehen, dass ich ihn nicht hinter den Schleier schickte, wo ich ihn vielleicht nie wieder finden würde, egal, wie sehr ich ihn beschwor. Er musste bei mir bleiben, wenn ich mein Versprechen ihm gegenüber halten wollte.

Also hielt ich ihn an der Oberfläche, seinen Geist wie eine Decke über meinem, bis ich tun konnte, was Ruby mir beigebracht hatte, und ihn nicht verbannen, sondern ausstoßen, die Kanalisierung beenden und ihn in Eastwind freilassen konnte.

Wir treffen uns, versprach ich.

Wo?, fragte er.

Ich zeigte es ihm. Und dann löste ich mich von ihm und konnte fast spüren, wie seine Hände, die nicht mehr warm waren, aus meinem Griff glitten.

Und dann war er weg.

Die Leute um mich herum begannen lautstark Luft einzusaugen und füllten erleichtert ihre Lungen.

Ich sah mich um. Alle schienen überlebt zu haben, und Landon blinzelte, seine Iriden wurden wieder blau, als er sich umsah, zweifellos nach Erinnerungen greifend, die nicht da waren, die er nie wieder zurückbekommen würde.

Ich ging neben Tanner in die Hocke, der vornübergebeugt kniete und sich den Hals hielt, während er tief durchatmete. Ich hätte ihn fast verloren. Wie knapp war es gewesen? Seine blutunterlaufenen Augen zeugten von einer Beinahe-Situation.

„Langsam", sagte ich. „Mach langsam."

Er nickte und starrte auf den Keramikfliesenboden.

„Gott sei Dank geht's dir gut", sagte ich und rieb ihm den Rücken. Die Wärme seines Körpers erinnerte mich daran, wo ich gerade gewesen war und mit wem.

Und was ich gerade versprochen hatte.

Aber war ich das gewesen? Hatte ich das getan oder jemand anderes? Das Leuchten davon begann bereits zu verblassen. Ich war mehr Nora als Diana, oder nicht? Das hier war die Realität. Ein Versprechen, das zu einer anderen Zeit, an einem anderen Ort, vielleicht in einem anderen Reich gegeben wurde, konnte hier doch nicht bindend sein, oder?

„Geht's dir gut?", keuchte er, und ich nickte.

„Ja, mir geht's gut."

Als er sich aufrichtete, immer noch auf den Knien, kroch ich auf ihn zu und schlang meine Arme um ihn. Ich musste es sagen, musste seinen Herzschlag gegen mich spüren. Und er musste es jetzt hören. Also brach ich meine eigene Regel.

Ich schmiegte mich an ihn, drückte meinen Kopf an seine Brust, und er stützte sein Kinn darauf. „Ich liebe dich, Tanner."

Er zog sich zurück, ein leises Keuchen begleitete jedes Einatmen, und legte einen gekrümmten Finger unter mein Kinn, um mein Gesicht sanft zu seinem zu heben. „Sieh mich an", flüsterte er. „Du musst es nicht sagen."

„Aber ich meine es so. Und jeder Moment, der vergeht, in dem ich es nicht gesagt habe, in dem ich weiß, dass du dich vielleicht fragst, bricht mir das Herz. Ich habe es dummerweise aufgeschoben und fast meine Chance verpasst. Ich liebe dich, Tanner Culpepper. Ich hatte Angst, es auszusprechen, Angst, dass es, wenn ich es täte, nur noch mehr wehtun würde, wenn es zerbricht."

„Es wird nicht zerbrechen, Nora. Du wirst mich nicht loswerden, selbst wenn du es versuchst."

Und dann, anstatt zu sagen: „Wetten doch?", und reinen

Tisch über Donovan zu machen (dafür war später noch Zeit), tat ich, was ich schon lange hätte tun sollen. Ich drückte ihn an mich, kletterte auf seinen Schoß und küsste den schönen Narren, wie er es verdiente, bevor Grim sich genug erholen konnte, um uns zu sagen, dass wir uns ein Zimmer nehmen sollten.

Tanner begleitete mich nach Hause, und wir machten auf der Veranda vor Rubys Haustür Halt. Ich kannte die Schritte zu diesem Tanz, obwohl ich sie selbst nie aufgeführt hatte.

Wir hatten beide „Ich liebe dich" gesagt. Wir waren zwei verliebte Erwachsene. Was dann kam, war offensichtlich. Ich musste ihn hereinbitten, er musste mir nach oben folgen, ich musste Grim natürlich aus dem Schlafzimmer werfen, und dann mussten wir beide nonverbale Wege finden, uns auszudrücken. Nur konnte ich ihn auf keinen Fall in mein Zimmer einladen. Ich kannte zwar die Schritte, aber in diesem Moment hatte ich zwei linke Füße.

Oder besser gesagt, zwei Männer. Und einer von ihnen war schon oben.

Ich weiß nicht viel über Tango, aber ich weiß, dass drei einer zu viel sind.

Es sei denn …

Nein. Das wird nicht passieren, Nora.

„Ich glaube, ich brauche ein bisschen Ruhe", sagte ich. „Es war ein langer Tag." Dieser Teil war nicht gelogen.

„Okay", sagte er und nickte. „Wir können uns einfach ausruhen." Er trat näher, sah auf mich herab und rieb mit seinen Händen meine Arme. „Ich weiß nicht, was als Nächstes passiert. Ich habe noch nie … Du bist die erste Frau, für die ich jemals so empfunden habe."

Ich hätte sagen sollen: „Lass uns zu dir nach Hause gehen." Problem gelöst. Aber ich bleibe dabei, dass mein Kopf nach einer so anstrengenden Demonstration meiner Kräfte nicht ganz klar war. Stattdessen sagte ich: „Ich auch nicht. Können wir morgen früh darüber reden?"

Er flüsterte: „Sicher, aber ich muss es erst nochmal sagen."

Ich lächelte. „Also gut."

Er sagte es und küsste mich dann, und als der Kuss zu Ende war, erwiderte ich die Worte.

Und Sie müssen verstehen, dass ich sie so meinte. Ich meinte sie wirklich so. Denn was als Nächstes passierte, könnte vielleicht Zweifel Ihrerseits wecken.

Ich öffnete die Tür, und er trat vor, um mir ins Haus zu folgen.

„Oh", sagte ich verblüfft. „Nein, ich, ähm. Ich dachte, du würdest einfach nach Hause gehen."

„Oh." Er blinzelte und nickte kurz. „Ja, klar, ich dachte nur, du möchtest, dass ich hochkomme. Ohne, du weißt schon, irgendwas zu tun. Aber vielleicht einfach, um bei dir zu sein."

Unter anderen Umständen hätte ich sein Angebot angenommen, und ich vertraute darauf, dass Tanner, wenn er sagte, er werde nicht darauf bestehen, sich an sein Wort halten würde, anstatt zu versuchen, mich zu irgendwas zu drängen.

„Ich glaube, ich brauche einfach ein bisschen Freiraum."

Oh ja, das war die absolut schlimmste Art, es auszudrücken. *Ich brauche einfach ein bisschen Freiraum?* Fänge und Klauen, das sagt man zu jemandem, mit dem man Schluss macht!

„Ich meine, nicht speziell von dir", fügte ich hastig hinzu, „nur ganz allgemein."

„Ah", sagte er, hob seine Hände und deutete eine Verbeugung an. „Macht vollkommen Sinn. Die Energie, nicht wahr? Du bist nach dem Channeln empfindlich dafür?"

Absolut nicht, aber okay. „Genau. Ich muss einfach den Akku aufladen."

„Richtig. Verstanden. Definitiv keine Ablehnung. Verstanden." Er zwang sich zu einem Lächeln und drehte sich leicht gebeugt um, als er sagte: „Wir sehen uns morgen früh bei der Arbeit."

„Tanner –"

Doch er war schon die Stufen hinuntergegangen und auf dem Weg nach Hause.

Ich schloss die Tür mit einem Seufzen und ging ins Bad, um mich frischzumachen, bevor ich schlafen ging. Schließlich war der Boden von Franco's Pizza nicht viel sauberer als der von Sheehan's Pub, und nicht einmal Grim würde sich darauf herumrollen.

Die magische Dusche wusch den Dreck von meinem Körper, reinigte meine Haare und glättete meine zerknitterten Kleider, doch als ich mich selbst im Spiegel ansah, hatte ich immer noch das Gefühl, dass die Überbleibsel des Abends an mir klebten.

Das Rätsel war gelöst. Ich hatte Stu Manchester das versichert, als er im Restaurant angekommen war, bevor Tanner und ich gegangen waren. Er schien mir zu glauben, wollte aber, dass ich es ihm am nächsten Morgen, nachdem ich mich ausgeruht hatte, genauer erklärte.

Das einzige Problem war, dass ich nicht wusste, wie ich es erklären sollte. Vieles davon ergab für mich immer noch keinen Sinn, aber ich wusste, dass ich mittendrin war. Also, nicht so sehr ich, aber Diana.

Und Roland.

Mein Körper zitterte, als ich nur an sein perfektes Gesicht oben auf der Klippe dachte. War es eine Vision oder etwas anderes? Als ich dort war, hatte es sich für mich mehr wie ein Zuhause angefühlt als irgendwo sonst. Vielleicht hatte er recht.

Vielleicht war mein Bedürfnis nach Realität bedeutungslos. Vielleicht konnte der Ort, an dem wir uns am wohlsten fühlen, unsere Realität sein. Wenn dem so war, dann wäre Eastwind genauso wenig Realität wie Texas.

Der Gedanke beunruhigte mich, und die Fantasie, die ich da wahllos aufbaute, noch mehr.

Als ich die Treppe hinaufging, blieb ich vor meiner Schlafzimmertür stehen. Würde er dort sein und könnte ich ihn sehen? Oder müsste ich ihn rufen?

Ich stieß die Tür auf und wusste, dass das eine dumme Frage war. Nach so vielen getrennten Leben würde es nie wieder nötig sein, ihn zu rufen.

„Wir müssen reden." Grim lag mit geöffneten Lidern und gesträubtem Nackenfell auf seinem Hundebett, während Roland im Sessel in der Ecke des Zimmers saß. Es war ein Déjàvu. Er saß genau dort, wo mir Bruce Saxon in der Nacht erschienen war, als ich nach Eastwind gekommen war und von meinen Fähigkeiten als Fünfter Wind erfahren hatte.

Natürlich mussten Geister nicht sitzen, aber sie zogen es oft vor, die Scharade aufrechtzuerhalten.

„Diana", sagte Roland und stand auf. „Wer ist dieser Hund? Sollte er drinnen sein?"

„Das ist Grim. Er ist mein Vertrauter."

Roland riss die Augen weit auf. „Ihr beiden seid … vertraut?"

„Was? Oh. Oh! Nein, nein. Nicht so."

„Mir wird schlecht", sagte Grim.

„Es ist eine Hexensache, Roland. Wir haben Tiere, die an uns gebunden sind und mit denen wir in Gedanken sprechen können."

Seine Erleichterung war offensichtlich, selbst in seiner halbtransparenten Geistergestalt. „Der Erde sei Dank dafür."

„Du weißt nichts davon?", fragte ich. „Du bist keine Hexe?"

Die Andeutung eines Lächelns erschien auf seinen Lippen. „Nein, meine Liebste. Es sieht so aus, als wäre ich ein Geist."

„Meine Liebste?", lachte Grim. *„Im Ernst. Wer zum Höllenhund ist dieser Typ?"*

„Kannst du uns eine Minute geben?"

„Das kann ich absolut nicht."

„Was ist, wenn ich dein Bett auf den Treppenabsatz bringe?"

„Dann könnte ich dir wahrscheinlich ein paar Minuten schenken. Aber zuerst muss ich wissen, für wen sich dieser Jackalope hält, in mein Schlafzimmer zu kommen und in meiner Vertrauten eine Pheromonexplosion auszulösen."

„Nicht dein Schlafzimmer. Und das ist Roland."

„Ich brauche mehr Informationen."

„Sprichst du gerade mit ihm?", fragte Roland. „In deinen Gedanken?"

„Was?" Ich sah ihn an. „Ja."

„Faszinierend. Ist das schwierig? Du bekommst diese kleine Falte zwischen deinen Augenbrauen, als ob dazu intensive Konzentration nötig wäre."

„Das ist wahrscheinlich eher eine Reaktion auf das, was Grim sagt, als der Vorgang selbst."

„Kann er mich sehen?"

Ich nickte schnell. „Oh ja."

„Und kann er verstehen, was ich sage?"

„Jupp."

Roland wandte sich an Grim. „Deine Herrin und ich waren vor vielen Leben ein Liebespaar."

„Was heißt ‚zu viel Information' auf Gälisch?", sagte Grim, stand von seinem Bett auf, bevor er sich umdrehte, es packte und zur Tür zerrte. Als er an mir vorbeiging, fügte er hinzu: *„Du solltest Tanners Herz besser nicht brechen. Ich fange an, diesen Kerl zu mögen."*

Schockiert richtete ich mich auf. *„Auf wessen Seite bist du?"*

„Auf seiner. Weißt du, wie viel Speck er mir jeden Tag zu essen gibt?"

So viel zum Thema Loyalität. *„Also gut. Zwischen mir und einem Geist kann ja eh nichts passieren."*

„Bist du dir da sicher?"

Ich blinzelte. *„Nicht mehr, schätze ich. Ich werde ... ich werde mich darum kümmern. Mach dir keine Sorgen."*

Ich schloss die Tür hinter ihm und wandte mich wieder dem Zimmer zu, wo ich mich allein mit einem Mann wiederfand, den ich seit Ewigkeiten geliebt hatte und den ich jetzt nicht einmal berühren konnte. „Du musst mir mehr erklären", sagte ich.

Er nickte beschwichtigend. „Ich habe alle Zeit dieser und der nächsten Welt für dich. Frag mich, was du willst. Aber du siehst müde aus. Warum gehst du nicht ins Bett?"

„Ich habe einen Freund", sagte ich. Es war keine ganz direkte Antwort, aber er verstand die Botschaft trotzdem.

„Das war zu erwarten. Du hast mich vergessen, und natürlich hast du dein Leben gelebt. Und ebenso natürlich musste sich ein anderer Mann in dich verlieben. Wenn du möchtest, dass ich Abstand halte, während wir deine Anliegen besprechen, bin ich gern bereit, das zu tun."

Ich ging durch das Zimmer zum Bett und fühlte mich unglaublich verlegen, als seine Augen mir folgten. „Würdest du dich umdrehen, bis ich unter der Decke bin?"

„Natürlich."

Nachdem ich meine Hose ausgezogen und meinen BH abgelegt hatte, kroch ich unter die Decke und wünschte, ich hätte mir beim letzten (und einzigen) Einkaufen in Eastwind die Mühe gemacht, einen richtigen Pyjama zu kaufen. „Okay, du kannst dich umdrehen."

Er tat es und sagte einen Moment lang nichts, sondern starrte mich nur abwesend an, er wollte sich wieder in den alten Sessel setzen, aber ich sagte: „Du kannst dich ans Fußende setzen, wenn du möchtest."

Roland sagte kein Wort, tat aber, was ich vorgeschlagen hatte. Ohne auch nur darüber nachzudenken, berührte ich mit einer Hand den Staurolith-Anhänger unter meinem T-Shirt. Ich konnte die Rauheit des Steins sogar durch den Stoff hindurch spüren. Ich griff in meinen Kragen, holte das Amulett heraus, zog es mir über den Kopf und legte es auf den Nachttisch.

„Stell deine Fragen, meine Liebe", sagte er.

Ich stellte die Erste, die mir einfiel. „Warum sollte ich dir vertrauen?"

Es war, als hätte er sie erwartet. „Das solltest du nicht. Ich möchte mir dein Vertrauen mit der Zeit verdienen."

„Du hast meine Freunde in Besitz genommen. Ich kann nicht einmal ansatzweise verstehen, wie das funktioniert hat, während du nicht offiziell hinübergehen konntest, aber ich möchte, dass du mir erklärst, wie du es gerechtfertigt hast."

Er lachte traurig. „Diana, verstehst du es nicht? Ich würde alles tun, um bei dir zu sein. Und wenn deine Erinnerung an unsere gemeinsame Zeit zurückkommt, wirst du, glaube ich, verstehen, dass du einst bereit warst, dasselbe zu tun. Ich hatte nicht die Absicht, irgendjemandem das Leben zu nehmen, um dich zu mir zu führen, aber wenn es passiert ist, wusste ich aus meiner Zeit auf der anderen Seite und meiner Suche nach dir, dass das Ende eines einzelnen Lebens nur das Ende eines Kapitels ist, nicht das Ende des Buchs. Was wir jedoch haben, du und ich, überdauert ein einzelnes Leben."

Seine Anwesenheit am Fußende des Bettes machte meine Zehen kalt, also beugte ich die Knie und zog meine Füße näher an meinen Körper. „Es fällt mir schwer, es so zu sehen wie du, Roland. Ich spreche nur mit den Geistern der Toten, mit denen, die nicht weiterziehen wollen. Ihre Existenz ist voller Schmerz, und ihr Tod sendet Schockwellen des Leidens zu denen, die sie geliebt haben. Wie kannst du denken, dass das so eine Kleinigkeit ist?"

Er starrte auf die Steppdecke. „Jeder Tod ist wie eine Welle, die heftig gegen schroffe Felsen schlägt und Salzwasser in die Augen derer spritzt, die zu nahe stehen. Aber aus der Sicht einer Person, die am Rand einer hoch aufragenden Klippe steht und in die tosenden Wasser unter ihr blickt, wird klar, wie viele Wellen es gibt, wie viele Wellen es gegeben hat und wie viele Wellen noch kommen werden. Es gibt kein Halten mehr, meine Liebe. Ein Mann kann hüfttief im Meer stehen und die Strömungen nur ein Stück weit ablenken, aber bedeutet das, dass die Wellen, die hinter ihm brechen, sein Werk sind?"

„Trotzdem", sagte ich. „Ich weiß nicht, warum ich, Nora, dir vertrauen sollte. Und ich, Nora, bin in einen anderen Mann verliebt."

„Du sprichst vernünftig, meine Liebe, und wenn du möchtest, dass ich dich bei deinem neuen Namen nenne, werde ich das tun. Ich schwöre, nie wieder jemanden zu verletzen, den du liebst. Und ich glaube, ich habe bewiesen, dass ich ein Gelübde erfülle, wenn ich es abgelegt habe. Ich habe lange nach dir gesucht. Ich kann noch eine Weile warten und hoffen, dass diese Liebe, die du für einen anderen Mann empfindest, verblasst. Andernfalls muss ich warten, bis du gestorben bist, und hoffen, dass ich deine Flamme im Dunkeln finden kann, wenn sie wieder aufflackert."

Als jemand, der zu ungeduldig war, um zu warten, bis eine Tüte Popcorn fertig gepoppt war, bevor ich sie aus der Mikrowelle holte, fand ich Rolands Bereitschaft, auf mich zu warten, verrückt.

Und wirklich verdammt romantisch.

Ich hatte noch mehr Fragen, aber sie schienen mir Kleinigkeiten zu sein, die es nach so einem langen Tag nicht wert waren, sich damit zu befassen. Die wichtigsten Punkte waren mir klar: Ich liebte Tanner. Und ich liebte Roland. Aber Roland war bereit zu warten.

Es gab also nur eine offensichtliche Vorgehensweise.

„Ich glaube, ich brauche ein bisschen Ruhe", sagte ich.

„Natürlich. Ist es dir lieber, wenn ich gehe, während du schläfst?"

„Nein", sagte ich schnell. „Ich meine, das musst du nicht. Wenn du lieber bleiben möchtest –"

„Du weißt, dass ich das möchte."

„– dann bleib."

Ich schaltete die Lampe aus, und die kühle Brise seiner Gegenwart strich über meine Wange, als er leise flüsterte: „Immer."

Kapitel Fünfzehn

Im Medium Rare war es still, als ich am nächsten Morgen durch die Hintertür hereinkam. Mein Kopf summte. Die Träume von Roland hatten aufgehört, aber als ich aufgewacht war, war er da, realer als ein Traum, zumindest für mich. Ich war nicht bereit, Ruby seine Anwesenheit zu erklären, also bat ich ihn, im Schlafzimmer zu bleiben, bis ich später nach Hause kam.

Und natürlich hatte er etwas darüber gesagt, dass er so lange auf mich warten würde, wie ich brauchte, und natürlich hatte es auch das Herz in meiner Brust zum Flattern gebracht.

Mann, oh Mann, war ich in Schwierigkeiten.

Als ich den Flur entlang in Richtung Küche ging, sprang eine Gestalt aus dem Büro und drückte mich an die gegenüberliegende Wand. Ich erkannte seinen köstlichen Duft, bevor ich überhaupt seine Gesichtszüge wahrnehmen konnte.

„Ich konnte die ganze Nacht nicht aufhören, an dich zu denken, Nora", sagte Tanner, drückte meine Handgelenke an die Wand, beugte sich nach vorn und küsste meinen Hals. „Ich glaube nicht, dass du mich weggeschickt hast, um mich in den Wahnsinn zu treiben, aber wenn doch, hat es funktioniert."

Ich schloss die Augen, und als das Gefühl seiner Lippen direkt unter meinem Kiefer mich an ein ganz anderes Gesicht denken ließ, räusperte ich mich und befreite mich, auch wenn die Schuldgefühle schwer auf meinen Schultern lasteten. „Reiß dich zusammen", sagte ich. „Wir sind bei der Arbeit."

Er lachte und verdrehte die Augen. „Was, du glaubst, Anton wird uns erwischen? Er ist *unser* Angestellter. Was soll er schon tun?"

„Du bist eine zu große Ablenkung", sagte ich und stieß ihm spielerisch gegen die Schulter. „Wenn wir uns nicht professionell verhalten, vermassle ich jede Bestellung, die ich heute annehme."

„Ah, stimmt", sagte er und verschränkte die Arme vor der Brust. „Und dann würde ich dich nicht mehr lieben."

„Genau. Ich wusste, dass du mich nur liebst, weil ich eine so billige Arbeitskraft bin."

Er zuckte die Achseln. „Was soll ich sagen? Ich bin schwer zufriedenzustellen."

Ich gab ihm einen schnellen Kuss auf die Lippen. „Klingt nach einer Herausforderung für später." Dann huschte ich davon, bevor meine Worte eine Chance hatten zu wirken und er mich jagen und gegen eine andere Wand drücken konnte.

„Morgen, Anton!"

Anton grunzte, schlug ein rohes Ei in ein Saftglas und trank es dann, als ich in den Gastraum ging.

Hendrix Hardy war schon da, was keine Überraschung war, aber Ted auch. Das war eine kleine Überraschung. Normalerweise kam er erst ein oder zwei Stunden nach mir an.

Ich entdeckte Bryant, den großen, dürren Kellner aus der Nachtschicht. Er beugte sich über die Theke und schrieb etwas auf eine Serviette. „Du bist aus dem Schneider", sagte ich.

Er hatte mich anscheinend nicht von hinten kommen hören, und wäre fast aus der Haut gefahren, als er meine Stimme hörte. „Whoa! Hey, Nora. Du hast mich erschreckt." Bryant war ein Werwolf, aber kein besonders wilder. Wir waren altersmäßig nah beieinander, aber sein Haar war schon ganz grau. Vielleicht waren wir also doch nicht altersmäßig nah beieinander. In Eastwind konnte ich das nie sicher sagen.

„Geh nach Hause", sagte ich.

„Bist du sicher, dass ich nicht bleiben soll? Wir haben ziemlich volles Haus." Er gestikulierte Hendrix und Ted zu, die an gegenüberliegenden Seiten des Diners in Nischen saßen.

Ich holte tief Luft. „Ja, es wird hart, aber ich werde mein Bestes geben."

Er lachte, dann änderte sich sein Ton, und er neigte den Kopf, als er fragte: „Geht's dir heute Morgen gut?"

„Ja", sagte ich, überrascht. „Mir geht's gut."

„Ich habe gehört, was gestern Abend bei Franco's passiert ist. Klingt ziemlich heftig. Und ehrlich gesagt, nichts von dem, was ich gehört habe, ergab viel Sinn."

Es sah aus, als hätten die Waschweiber von Eastwind Überstunden gemacht. „Das liegt daran, dass nichts von dem, was passiert ist, viel Sinn ergeben hat."

Er sah aus, als würde er gleich weitere Fragen stellen, aber bevor er noch weiter nachbohren konnte, fügte ich hinzu: „Geh schlafen. Ich bin sicher, die *Eastwind Watch* wird umfassend, wenn auch tragisch ungenau, darüber berichten. Vielleicht bringen sie sogar eine Sonderausgabe heraus."

Bryant verstand den nicht ganz so subtilen Hinweis, sich zu verziehen, und ging nach hinten, um mit Tanner abzurechnen.

Als meine Aufmerksamkeit wieder auf Ted gerichtet war, erinnerte ich mich daran, was Ruby gesagt hatte, nämlich dass er die irrelevanteste Person in Eastwind sei. Ich fragte mich, ob er das wusste. Wahrscheinlich wusste er es auf einer gewissen Ebene.

Das war das Stichwort für die Schuldgefühle für all die Male, die ich ihn abgewimmelt hatte, wenn er abhängen wollte.

Das Nachfüllen von Ketchupflaschen konnte warten. Ich marschierte um die Theke herum und rutschte dem Sensenmann gegenüber in die Sitznische. „Du bist früh hier."

Er sah von seinem Buch auf und lehnte sich zurück. „Ja. Konnte schon wieder nicht schlafen."

„Winde der Veränderung?"

Er neigte seinen verhüllten Kopf. „Jupp. Sie werden stärker."

„Sollte ich mir Sorgen machen?"

Er zuckte die Achseln, die Spitzen seiner Schultern stachen in seine dunkle Robe wie Zeltstangen. „Wenn du willst. Aber es hat keinen großen Sinn. Veränderungen kommen, ob wir es wollen oder nicht. Und natürlich fallen die meisten in die letztere Kategorie. Genau wie beim Tod ist es ein bisschen sinnlos, dagegen anzukämpfen."

„Ist es möglich, dass die Veränderung in den Deadwoods bleibt?"

„Die Möglichkeit besteht immer. Aber ich würde nicht darauf wetten."

„Was ist mit der ganzen ‚Was in den Deadwoods passiert, bleibt in den Deadwoods'-Sache?"

Er hob die Kaffeetasse an sein vermummtes Gesicht, und nicht zum ersten Mal fragte ich mich, wohin der Kaffee und das Essen gingen, nachdem sie zwischen seinen Lippen hindurchgegangen waren. Und hatte Ted Lippen? „Das trifft normalerweise zu. Aber nimm zum Beispiel dich. Du bist zuerst in den Deadwoods aufgetaucht, aber du bist nicht dort geblieben."

„Gleichfalls. Du lebst in den Deadwoods und bist dennoch jede Morgen hier." Ich rutschte aus der Sitznische. „Und weißt du was? Ich bin froh, dass du es bist." Ich lächelte ihn an, und ich nehme an, er erwiderte den Blick.

„Du weißt wirklich, wie man jemandem den Morgen versüßt", sagte Ted. Und wenn er es dabei belassen hätte, hätte ich meine Entscheidung, ihn anzusprechen, als gut empfunden und hätte den Rest des Tages optimistisch und mit etwas gesteigertem Selbstwertgefühl hinter mich gebracht. Doch dann fügte er hinzu: „Es wird ein trauriger Tag, wenn ich den Anruf bekomme, deinen Leichnam wegzuräumen."

Ich schluckte schwer. „Ja. Danke. Ich sollte besser die Ketchupflaschen auffüllen gehen."

„Morgen, Miss Ashcroft."

„Morgen, Stu."

Der Deputy sah ein wenig mitgenommen aus, als er sich auf den Hocker an der Theke setzte und seinen Gürtel zurechtrückte, um bequemer zu sitzen. „Ich hatte einen ziemlich interessanten Abend."

„Ach so?" Ich stellte Kaffee und Kuchen vor ihn.

„In der Tat, Miss Ashcroft. Möchten Sie davon hören?"

„Absolut."

Er nahm sich Zeit, sein Besteck auszupacken, legte die Serviette feierlich über einen Oberschenkel und rührte Zucker in seinen Kaffee. „Der Ärger begann mit einem Bericht über eine Gruppe von Leuten, die bei Franco's Pizza am Ersticken waren. Ich bin rüber geeilt, nur um festzustellen, dass alle wieder geatmet haben, und mittendrin haben eine junge Frau und ihr Freund – die Besitzer eines Diners hier im Ort – auf dem Fliesenboden offen ihre Liebe füreinander ausgedrückt."

„Zu ihrer Verteidigung“, sagte ich, „ich habe gehört, dass der eine fast gestorben wäre und die andere gerade ihr Leben riskiert hatte, um gefährliche Magie anzuwenden. Und sie waren beide vollständig bekleidet, also sehe ich das Problem nicht.“

Er nickte geduldig. „Ja, öffentliche Liebesbekundungen sind in dieser Stadt immer noch legal. Das ist nicht der beunruhigende Teil.“

„Was dann?“

„Nun, das geschah, als ich mit einem der Zeugen gesprochen habe. Einem jungen Nordwindhexenmeister.“

„Dieser Nordwind hat nicht zufällig rosige Wangen und eine Vorliebe für Verschwörungen, oder?“

„Doch, Miss Ashcroft. Die hat er. Seine Verschwörungstheorie war, muss ich sagen, ziemlich überzeugend.“

„Dann ist da vielleicht was dran.“

Er nickte und stach die Spitze seines Kuchenstücks ab. „Vielleicht. Haben Sie nach der Arbeit irgendwas vor?“

Ich kniff die Augen zusammen und zog eine Braue hoch. „Warum, bitten Sie mich um ein Date?“

Er lachte. „Darauf würde ich nicht im Traum kommen. Nicht nach der Show, die ich bei Franco’s gesehen habe. Sie sind wahrscheinlich zu viel Frau für mich, Miss Ashcroft.“

„Oh, nicht doch.“

Stus Augen sprangen auf etwas hinter mir, und ich drehte mich um, gerade als Tanner sagte: „Sie ist wahrscheinlich auch zu viel Frau für mich, Deputy. Aber davon lasse ich mich nicht abhalten.“

Die Männer schüttelten sich über den Tresen hinweg die Hände.

„Ich habe Miss Ashcroft gebeten, sich nach ihrer Schicht kurz Zeit zu nehmen, um mit mir zu sprechen, aber ich würde auch gern die Gelegenheit haben, mit dir zu sprechen.“

„Oh", unterbrach ich sie und schüttelte ernst den Kopf. „Ich kann Ihnen jetzt schon sagen, dass Tanner viel zu Mann für Sie ist, Deputy."

Stu drehte den Kopf zur Seite und hob abwehrend die Hände. „Das sind absolut nicht die Informationen, die ich für meinen Fall brauche, also danke ich Ihnen im Voraus, dass Sie sie für sich behalten."

Tanner legte einen Arm um meine Schulter. „Was beschäftigt dich dann, Stu?"

Manchester wischte sich einen Klecks Kirschfüllung aus dem Schnurrbart und legte die Serviette wieder auf seinen Schoß. „Nun, ich schätze, ich kann es euch genauso gut jetzt sagen. Das Sheriff's Department von Eastwind nimmt offiziell Bewerbungen entgegen. Dachte, Sie möchten vielleicht vorbeikommen und sich ein Formular holen."

Ich konnte spüren, wie sich die Muskeln seiner Arme um meine Schulter spannten.

„Das könnte ich. Sich zu bewerben kann doch nicht schaden, oder?" Tanner sah auf mich herab, um eine Bestätigung zu bekommen, die ich ihm ganz sicher nicht geben würde. Er spielte immer noch mit dem Gedanken, das Medium Rare zu verlassen? Ich starrte ihn gereizt an, und er zuckte zusammen und wandte seine Aufmerksamkeit wieder Stu zu.

„Was ist mit Ihnen, Miss Ashcroft? Wenn Sie vorbeikommen, um ein paar der Lücken von gestern Abend auszufüllen, können Sie selbst auch ein Bewerbungsformular mitnehmen."

Bevor ich antworten konnte, warf Tanner ein: „Damit ist sie fertig, Stu. Ich glaube, sie hat das ziemlich deutlich gemacht."

„Stimmt das?", fragte Stu und sah mich an.

„Tanner hat recht. Ich habe das ziemlich deutlich gemacht. Ich habe kein Interesse daran, für das Sheriff's Department zu arbeiten – nichts für ungut –, aber ich muss leider zugeben, dass mich bis zum Hals in Schwierigkeiten der Stadt wiederzufinden eine Angewohnheit ist, die ich einfach nicht ablegen kann.“

Stu lachte leise. „Nicht können oder nicht wollen?“ Er neigte den Kopf nach vorn und blinzelte zu mir auf.

Ich öffnete den Mund, um zu antworten, wurde aber abgelenkt, als die Glöckchen über der Eingangstür klingelten.

Donovan hielt Eva die Tür auf, als sie hereinkam, legte ihr dann eine Hand an den Rücken und sah sich nach einem leeren Tisch um. Als er meinem Blick begegnete, nickte ich, und er erwiderte die Geste mit einem Lächeln mit geschlossenen Lippen, das kaum als solches identifizierbar war, bevor er Eva zu der Sitznische neben Ted führte.

Tanners Stimme und die Wärme seines Atems auf meiner Wange ließen mich fast zusammenzucken. „Hat Eva nicht gestern Abend dasselbe angehabt?“, fragte er.

Mein Mund blieb offenstehen, als mir klar wurde, dass Tanner recht hatte. Ich drehte mich zu ihm um. „Männern fällt das auf?“

„Manchen schon.“

Ich wandte meine Aufmerksamkeit wieder Donovan zu. Eva saß mit dem Rücken zur Theke, also konnte ich nicht sagen, ob sie ihn mit derselben Intensität anstarrte wie er sie.

Ich seufzte. „Gut für die beiden“, sagte ich. „Donovan verdient Glück, genau wie wir alle.“

Tanner nickte, starrte mich aber seltsam an, als wüsste er nicht, mit wem er sprach. „Der Meinung bin ich auch. Aber ich hätte nie gedacht, dass ich dich das je sagen hören würde. Nicht über ihn.“

Schmunzelnd räumte ich ein: „Ich auch nicht.“

Tanner strich mir eine verirrte Haarsträhne hinters Ohr. „Du verhältst dich in letzter Zeit wirklich seltsam. Aber Donovan Glück zu wünschen, ist eine ganz neue Ebene.“ Er blinzelte mich misstrauisch an. „Wenn ich es nicht besser wüsste, Nora, würde ich sagen, du bist verliebt.“

„Weißt du was?“ Ich ließ mich in diese haselnussbraunen Augen fallen. „Ich glaube, da könntest du recht haben.“

„Und wer könnte der Glückliche sein?“

Ich erinnerte mich, wie ich an diesem Morgen aufgewacht war und Roland mich mit wehmütigen Augen beobachtet hatte, genau von dort, wo er gesessen hatte, als ich eingeschlafen war.

„Vielleicht kennst du ihn“, sagte ich. „Er managt ein Diner in den Outskirts.“

„Er ist der Eigentümer“, sagte er.

„Miteigentümer“, korrigierte ich.

Tanner beugte sich nach unten, bis seine Lippen nur noch einen Zentimeter von meinen entfernt waren. „Klingt nach einem ziemlich glücklichen Kerl.“

„Nicht so glücklich wie ich.“

Ohne Titel

Ende von Buch 5

Über die Autorin

Nova Nelson ist mit einem literarischen Speiseplan aus Agatha-Christie-Romanen aufgewachsen. Sie liebt die intellektuellen Reize dieser Romane und schreibt paranormale Geschichten, seit sie das Schreiben gelernt hat. Diese beiden Lieben treffen in ihrer Eastwind-Hexen-Reihe aufeinander, und es ist an der Zeit, dass sie das selbst zugibt.

Wenn sie nicht gerade mit dem Schreiben beschäftigt ist, genießt sie lange Spaziergänge mit ihren eigensinnigen Hunden und isst Frühstück zum Abendessen.

Sagen Sie Hallo:

nova@novanelson.com

Cozy Coven

Sie sind eingeladen ...

Oder tippen sie hier, um an den Feierlichkeiten teilzunehmen!

https://www.eastwindwitches.com/cozy-coven

www.ingramcontent.com/pod-product-compliance
Lightning Source LLC
Chambersburg PA
CBHW061350310726
48974CB00001B/274